KB059590

100일 글쓰기 곰사람 프로젝트

더 이상 글쓰기가 두렵지 않다!

100일 글쓰기 곰사람 프로젝트

최진우 지음

북바이북

서문

난 마흔이 넘어서야 글쓰기를 시작했다. 동경과 열망은 있었지만 '감히' 쓸 엄두가 나지 않았다. 재능이 있거나 여건이 뒷받침되어야 글도 잘 쓸 수 있다고 생각했다. 하지만 그게 아니었다. 우연한 기회로 글쓰기를 접한 이후, 글은 누구나 잘 쓸 수 있다고 생각하게 되었다. 많은 사람들은 의문을 가질 것이다. "과연? 하얀 모니터 속에서 깜빡이는 커서만 봐도 두려운데, 누구나 글을 잘 쓸 수 있다고?"

글쓰기가 막막하거나 어렵다고 느끼는 사람들은 크게 두 부류로 나뉜다. 먼저, 시도조차 해보지 않고 막연히 무섭다고 여기는 경우다. 이들에게 글쓰기는 달 착륙과도 같다. 밤하늘을 보며 가보고 싶다고 동경만 하듯, 글쓰기는 결코 닿지 못할 미지의 세계로 여긴다. 한편, 글을 조금 써본 사람도 두려움을 호소한다. 그들은 글감을 어디서 찾아야 할지 난감하다고 말한다. 이들의 글쓰기 열망은 뜨겁지만 실천 온도는 차갑다. 글쓰기를 동경하거나 열망하는 사람들은 많다. 하지만 글쓰기를 잘하는 사람은 드물어 보인다. 실천하지 않기 때문이다.

많은 사람들이 글 몇 편 써본 후 글쓰기는 어렵다고 말한다. 여느 일처럼 글도 쓰는 만큼 쉬워진다. 문제는 실천하기 힘들다는 점이다. 어떻게 하면 많이 써볼 수 있을까? 여기에는 다양한 응답이 있을 수 있다. 이 책은 그 중에 가장 쉽게 접근할 수 있는 방법을 제시한다.

2014년 말, 몸담고 있는 숭례문학당에서 100일 글쓰기 모임 기획을 제안받았다. 100일 동안 매일 꾸준히 쓴다면 글쓰기 습관은 물론 자신감도 생기리라는 기대에서 시작하였다. '100'이라는 숫자는 단군신화에서 사람으로 변한 곰을 연상시켰다. 곰이 사람으로 되는 데에는 의지뿐만 아니라 호랑이도 빼놓을 수 없다. 어두컴컴한 동굴 속에서 함께하는 동료가 있었던 것이다. 서로에게 호랑이가 되어주고, 마침내 다함께 곰사람이 되는 과정이라는 뜻에서 '100일 글쓰기 곰사람 프로젝트'라는 타이틀을 달았다. 2015년 새해, 그렇게 100일 글쓰기는 시작되었다. 기대보다 호응이 컸고, 참여한 사람들이 글쓰기를 친숙하게 여기기 시작했다.

숭례문학당에서는 온라인과 오프라인으로 진행되는 프로젝트가 몇 번 더 이어졌고, 이후 온라인 100일 글쓰기로 전환했다. 지방, 해외에서 사는 사람들의 참여 부담을 없애기 위해서였다. 지금도 활발히 진행 중이다. 나는 도서관을 거쳐, 한겨레 교육문화센터에서 '[on&off]100일 글쓰기 곰사람 프로젝트'라는 제목으로 강의를 이어가고 있다. 수강생들과 함께하며 100일 글쓰기의 필요성과 효과를 생생하게 눈으로 확인하고 있다.

100일 글쓰기를 책으로 써보면 어떻겠느냐고 제안받았을 때만 해도 과연 그럴 만한 가치가 있을까 싶었다. 100일 글쓰기는 매일 쓰기의 일종으로 그 방법 또한 여느 글쓰기 책에서 이야기하고 있는 '비법'과 동일하다. 미련스러울 만큼 인내를 갖고 포기하지 않고 꾸준히 열심히 쓰는 것. 그럼에도 100일 글쓰기라는 소재로 책을 엮은 것은 두 가지 이유에서다.

우선, 글 쓰는 즐거움을 알리고 싶었다. 글쓰기는 유하면서도 도도한 매력을 지녔다. 접근은 쉽게 허락하는 듯이 보여도, 약간의 인내심을 감수하지 않으면 포기하게 만든다. 100일은 고비가 되는 경계치다. 하루도 빠뜨리지 않고 100일 동안 글을 쓴다면, 비로소 글쓰기 재미를 느낄 수 있다. 이 책이 그 출발선으로 가는 티켓을 제공한다면 나름의 역할을 하리라 생각했다.

그러자면 100일 글쓰기에 성공할 수 있는 구체적인 정보가 필요하다. 글쓰기 학습 현장에서 100일 글쓰기에 도전한 많은 사람들의 과정을 공유한다면 글쓰기에 관심이 있는 이들에게 약간이나마 도움을 줄 수 있을지 모른다. 본문에 나와 있는 참여자들의 글과 사례는 100일 글쓰기를 보다 직접적으로 전달해줄 것이다.

글쓰기는 험난한 파도 속을 유유히 질주하는 윈드서핑과 같다. 물보라를 일으키는 파면 위를 아슬아슬하게 디디는 쾌감은 이루 말할 수 없듯이, 생각을 글로 운용하는 묘미는 상당한 흥취를 준다. 그런 즐거움을 누리기 위해서는 최소한의 연습이 필요하다. 100일 글쓰기는 꽤 효과적인 훈련장이 될 것이다. 이 책으로 100일 글쓰기 도전 의욕을 고취시킬 수 있다면 소기의 목적을 달성하는 셈이다.

100일 글쓰기에 의의를 부여해준 오효영 편집자, 100일 글쓰기 기획 아이디어를 처음 준 김민영 선생님께 감사의 인사를 드린다. 또 100일 글쓰기를 시작하고 지속할 수 있는 여건을 마련해준 신기수 대표님의 따뜻한 격려를 잊지 못한다. 100일 글쓰기 완주를 위해 최선을 다한 수강생분들께도 고마운 마음을 전한다.

그리고 이 글을 읽는 100일 글쓰기 도전자들의 건투를 빈다. 주저하지 않고, 과감히 시작한다면 100일 후에 완주의 짜릿함을 쟁취할 수 있을 것이다.

2017년 5월 최진우

100일 글쓰기 주자를 위한 용어 사용법

곰사람 : 100일 글쓰기에 성공한 사람에게 부여되는 호칭이다. 이들은 글을 쓰는 두려움을 떨치고 자신감을 탑재한 존재다. 100일이 되면 갑자기 곰사람으로 변신하는지, 아니면 털이 빠지고 손가락, 발가락이 나듯 조짐이 있는지 묻기도 하는데, 그건 사람마다 다르다. 자신이 어떤 타입인지 궁금한 사람은 직접 실천해볼 것.

곰시간 : 곰사람이 되는 인고의 과정을 오롯이 대면하는 시간을 말한다. 날짜로는 100일에 불과하지만, 글감을 향한 사유의 폭과 깊이, 글과의 사투 자세에 따라 인생의 획기적인 시간이 되기도 한다.

연명 : 곰시간을 극복해가는 몸부림을 말한다. 100일간의 글쓰기 여정에서 막막함이나 외로움, 심지어 회의감을 호소하는 이들이 많다. 글감이나 시간 부족, 자신감 결여 등이 주원인이다. 100일 중 연명의 기간은 누구에게나 닥친다. 적극적 연명과 소극적 연명이 있다. 슬기롭게 대처할 것인가 아니면 마지못해 묵묵히 견딜 것인가. 선택은 당신에게 달렸다.

글감 구걸자 : 글감이 바닥나 초조와 희망 사이를 하루에도 수차례 오고가는 사람이다. 그에겐 지하철 승객, 나뭇잎, 광고도 모두 글감이 된다. 추잡하고 안쓰러워 보이기도 하지만, 진정한 글력을 키우려면 반드시 거쳐야 할 통과의례이기도 하다. 넝마를 걸치고 글감을 동냥하는 모습은 결코 비루하지 않다. 적극적 연명을 선택한 순례자의 길이기 때문이다.

생존 : 연명 단계를 극복한 상태를 일컫는다. 생존의 형태는 글력을 갖춘 당당한 모습일 수도 있지만, 때로는 글감 구걸자처럼 피폐해 보일 수도 있다. 하지만 생존은 곰사람으로 환생할 의지가 여전히 유효함을 증명하는 척도다. 스스로를 구조하는 자만이 생존할 수 있다.

절필 : 100일 글쓰기를 야심차게 시작했으나 언제 그랬냐는 듯이 소리 소문도 없이 글을 중단하는 행위를 이른다. 많은 이들이 겪게 되는 상황이기도 하다. 유혹의 달콤함이 큰 만큼 겪게 되는 좌절감도 치명적이다. 절필의 유혹에 굴복할 것인가 아니면 곰사람이 되는 영예를 획득할 것인가.

글력 : 글쓰기 열망이라는 뼈대에 글쓰기 습관이라는 근육이 붙어 발생하는 힘을 말한다. 보통 이야기하는 글쓰기 실력과는 의미가 다르다. 웨이트트레이닝이 근력을 향상시키는 훈련이라면, 100일 글쓰기는 글력을 키우는 프로젝트다. 글력이 생기면 근사한 글을 쓰는 것은 시간문제다.

워밍업 글쓰기 : 100일 글쓰기 돌입 직전 몸을 풀어주는 단계다. 준비운동 없이 마라톤을 달리면 무리가 오듯이 성공적인 100일 대장정에 앞서 반드시 행해야 하는 의식이다. 열흘에서 보름 정도 기간을 주면 적당하다. 출사표를 담은 글쓰기 각오, 발췌와 단상, 자유글쓰기 등 1, 2, 3차에 걸쳐 몸과 마음을 충분히 경건하게 하는 과정이다.

완주 : 100일 글쓰기 곰사람 프로젝트를 성공적으로 이행한 상태를 이른다. 완주를 위해선 몇 가지 조건이 있다. 100일 동안 하루도 빠뜨리지 않을 것. 마감시간을 반드시 맞출 것. 정해진 분량 이상을 쓸 것. 때때로 매일 몇 편 이상을 쓰는 괴력의 소유자들이 나타나기도 한다. 이들을 흉내 내기보다는 겸허하게 시작하는 것이 안전하다. 매일 1편은 반드시 쓸 것!

오프 모임 : 100일 글쓰기를 함께하는 사람들이 정기적으로 만나는 모임으로, 서로의 생존을 확인하고 위안을 받는 효과가 있다. 죽비를 맞듯 나태해진 마음을 깨우는 데도 일조한다. 적절한 프로그램이 가미된다면 훨씬 의미 있는 시간이 될 수 있다.

차례

4장 100일 글력 키우기

5장 100일 글쓰기를 완주하는 비법

6장 100일 이후의 글쓰기

1장

100일 글쓰기란 무엇인가

100일 동안 곰에서 사람으로

100은 마법의 숫자다. 단군신화의 웅녀도 100일 동안 동굴에서 쑥과 마늘을 먹으며 버텨 사람이 되었고, 21세기인 지금도 수험생의 합격을 기원하기 위해 100일 기도를 한다. 아기가 태어나면 백일잔치로 생명의 건강함을 축하하고, 새로 사귀기 시작한 커플도 100일을 기념하며 사랑이 오래가기를 바란다. 100은 시작과 결실을 담보하는 꽉 찬 숫자다.

'100일 글쓰기 곰사람 프로젝트'는 100일 동안 하루도 빠짐없이 글을 쓰는 과정이다. 글쓰기를 전혀 해보지 않았어도, 100일이 지나면 어느 정도 글 쓰는 사람이 되기 위한 훈련이다. 글쓰기를 전에 접해보았다 하더라도 첫 문장을 쓰려 하면 가슴부터 꽉 막힐

때가 많다. 이런 경우에도 100일을 투자해 글쓰기 두려움을 조금은 해소하기 위한 수련이 100일 글쓰기다. 단군신화의 웅녀가 그랬듯이 100일이라는 자발적 칩거에 돌입하여 글을 쓸 수 있는 자신감을 기르는 연습이라 볼 수 있다.

요즘을 글쓰기 시대라고들 한다. 일상에서 SNS는 필수적이다. 잡담과 수다처럼 속풀이 감정을 표현할 때만이 아니라 업무 전달이나 확인 등 관리 측면에서도 카카오톡과 같은 메신저를 사용하면 효율적이다. 기록이나 홍보를 위해선 블로그나 트위터, 페이스북을 사용하기도 한다. 생활 전반을 덮고 있는 글쓰기는 이미 세상을 살아가기 위해 반드시 필요한 도구가 되어버렸다.

SNS를 통해 자신의 생각과 느낌을 유효적절하게 표현하고 전달하는 것은 생각보다 어렵다. 인터넷 매체의 특성상 주로 단문으로 이루어진다 해도 글쓰기가 습관이 되어 있지 않으면 명확하면서도 날렵한 문장을 쓰기 어렵다. 밋밋한 내용, 평범한 관점, 민숭민숭한 어조 등을 담은 문장은 정보 교환이 빅뱅처럼 오고가는 지금, 매력적인 인상을 줄 수 없다. 이런 사실을 뻔히 알고도 백지 앞에 서면 머릿속마저 하얗게 변하고, 간신히 글을 써보지만 이어나가기가 힘들다. 맵시 없는 초라한 글에 자신감을 잃어가고 글 쓰는 두려움이 엄습한다. 이렇게 글쓰기는 미뤄지고 포기하고 잊히고 만다.

글쓰기는 생존의 도구이기도 하지만, 자기를 표현하는 방법이기도 하다. 내 일상을 기록하고 정리된 생각을 드러내는 소소함에서 만족과 즐거움을 갖는 사람들이 늘어났다. 그 중에는 과거에 문학소녀, 문학소년이었던 이도 있을 것이다. 감수성이 풍부해 직접 노래 가사를 지어보기도 하고, 시를 써보기도 하던 그들은 팍팍한 세상을 살아가면서 글쓰기와 점점 멀어진다.

글을 향한 열망은 가지고 있을지 몰라도 일상이 허락하지 않아 시도조차 못하는 경우가 많다. 이들이 지녔던 이전의 로망을 다시 살릴 수 있는 방법은 없을까? 글쓰기는 아무런 장비 없이도 누구나 쉽게 시작할 수 있다고 하는데, 글쓰기 불씨를 지필 수 있는 부담 없는 방법이 없을까? '100일 글쓰기 곰사람 프로젝트'가 여기에 일말의 희망을 던져줄 수 있을 것이다.

그렇다면 왜 하필 100일인가?

걸그룹 미쓰에이의 〈굿바이 베이비〉는 칼군무로 알려질 만큼 절도와 라인 등을 살리는 것이 어려운 안무를 지닌 곡이다. 〈K팝스타〉라는 프로그램에서 세 명의 참가자들이 임시 그룹을 결성해 그 곡을 선보인 적이 있었다. 그때 심사 위원이었던 박진영은 이렇게 말했다. "정말 잘했어요. 미쓰에이가 4년 동안 연습한 것을 3

주 만에 해낸 것 자체만으로도 놀라워요. 이 안무가 상당히 어렵거든요. 여러분은 클래식 춤 배운 적 없죠? 미쓰에이 그 친구들은 중학교 때 이미 발레, 무용 이런 클래식 춤을 배웠어요. 거기서 다리 붙이고, 올리고 각도 나오는 거 배운 거예요. 이 곡은 이런 기본이 안 되어 있으면 따라 하기 힘들어요. 여러분이 실수하지 않고 끝까지 해냈다는 것만으로도 놀라워요."

박진영은 연습생들의 성취에 대해 칭찬하면서 기본기의 중요성을 강조했다. 현란하고 에너지 넘치는 걸그룹 댄스의 기본은 클래식 춤이었다.

글쓰기도 마찬가지다. 내 생각에 근사한 살을 붙이고 보기에도 실한 근육을 심어주기 위해선 기본적인 훈련이 필요하다. 이것이 없으면 무엇을 써야 할지 막막하거나, 표현은 요란하지만 속은 빈 글만 쓰게 된다. 적어도 클래식 춤을 배우는 기간이 글쓰기에도 필요한 것이다. 그렇다면 어느 정도가 적합할까? 미쓰에이처럼 긴 과정이 필요할까?

글을 잘 쓰려면 무엇보다 글쓰기에 대한 공포를 극복해야 한다. 이를 위해서는 글쓰기 습관을 기르는 게 좋다. 습관은 실력을 키우는 주춧돌이다. 글 쓰는 행위에 적응되면 두려움은 들어설 여지가 없다. 100일은 그러한 습관을 형성하기에 꽤 알맞은 기간이다.

맥스웰 몰츠라는 성형외과 의사는 성형수술 후 적어도 21일이 지나야 환자가 적응하는 것을 발견한 후 '21일 법칙'을 주장했다. 습관 형성에 최소 21일이 걸린다고 보았던 것이다. 몇 년 전 KBS 다큐멘터리 〈습관〉에서는 학생들의 학습 효과를 높이기 위해 습관이 어떻게 형성되는지 살펴본 적이 있다. 연구에 참가한 사람들의 습관 형성 평균 기간은 66일이었다. 습관 형성 최소 기간에 대해서는 저마다 의견이 다르지만 대개 100일에 훨씬 못 미친다는 걸 알 수 있다.

> 이 수업의 제목이 그냥 '100일 글쓰기 프로젝트'였다면 나는 눈길을 주지 않았을 것 같다. 곰사람이라니. 백일이면 곰도 사람이 된다는데 나는 지금 이미 여자 사람이니 백일 후엔 무려 무엇이 되어 있으려나. ―100일 글쓰기 참여자 김진주

'곰사람 시간'은 매일 매일을 성실하게 보내도록 해준다. 원하는 것을 이루기 위한 간절한 바람의 시간이다. 이 시기를 성공적으로 보낸다면, 누구나 글쓰기에 대한 자신감을 가질 수 있다. 100일 글쓰기를 도전적인 목표 측면에서도 살펴볼 수 있다.

가만히 생각해보니 100일 글쓰기야말로 도전적인 목표의 하나라는 생각이 든다. 글쓰기의 두려움을 극복하여 글쓰기를 좋아하고 글을 잘 쓰는 사람이 되는 것은 일생을 통해 목표로 삼을 만한 일이다. 이를 위해 효과적으로 분해된 계획 즉, 매일매일의 글쓰기를 성취하고 2주일에 한 번씩 서로를 점검하는 모임을 갖는 것은 장거리 마라톤을 위해 하루하루 충실할 수 있는 강제 수단이 된다. —100일 글쓰기 참여자 김성은

100일의 목표를 세워 글을 쓰면 웬만해선 글쓰기를 멈출 수 없게 된다. 쓰지 않고 하루를 넘기면 뭔가 허전하고 아쉬운 마음이 들어 다음 날 글을 쓰게 되는 습관. 그것을 키우는 것이 100일 글쓰기의 시작이자 최종 목표다.

왜 100일 글쓰기인가

대형서점 글쓰기 관련 코너에 가보면 수많은 글쓰기 책이 나와 있다. 글쓰기 책은 대체로 글을 쓰는 의미와 동기를 심어주거나 구체적으로 글 쓰는 기술을 전달해준다. 조금만 관심을 갖는다면 글쓰기 강의나 강좌도 넘쳐난다는 걸 알 수 있다. 공공도서관은 물론이고 지역 문화센터나 평생교육원, 사업체 등에서도 마음만 먹으면 글쓰기 수업을 듣는 게 가능하다. 유튜브 등을 비롯한 인터넷 영상에서도 마찬가지다. 글쓰기 고수들의 생생한 경험담, 고충, 극복 방법 등을 듣는 것은 어려운 일이 아니다.

글을 쓰고 싶은 사람은 많기에 그에 발맞춰 다양한 글쓰기 방법도 나온다. 하지만 밑 빠진 독을 채우는 것처럼 글쓰기 비법은 거의 비슷하다. 그중 공통적이면서도 가장 중요한 것은 '직접 쓰기'다. 저자의 감동적인 격려에 고취되고, 실질적인 방법을 전수받는다 해도 직접 써보지 않으면 글쓰기 실력은 절대 늘지 않는다. 능력은 고사하고 모니터를 앞에 두고 느끼는 막막한 두려움, 머릿속을 부유하는 생각의 모호함은 사라지지 않는다.

많이 써보는 게 글쓰기의 유일한 비법이라는 증거는 무수히 많다. 그중 서민 단국대 기생충학과 교수를 빼놓을 수 없다. 한때 그의 인기와 더불어 유튜브 인터뷰 영상《성장문답 : 열등감을 극복하고 싶은 당신이 반드시 들어야 할 대답》이 높은 조회수를 기록한 덕분에 많은 사람들에게 회자되었다. 이 영상에서 그는 어설픈 실력으로 소설을 힘들게 썼지만 출판하자마자 망한 이야기, 한 신문 칼럼에서 중도하차한 아픈 기억, 절치부심하여 〈경향신문〉에 드디어 고정 칼럼을 올리게 된 사연까지 자신의 지난한 글쓰기 과정을 회고한다. 그 후 출간한 몇 권의 단행본이 인기를 얻기도 했는데, 이렇게 되기까지 약 15년 이상의 세월이 필요했다. 그 사이 그는 1년에 100권 이상의 책을 읽고 하루에 3~4편의 글을 썼다.

이런 전설과도 같은 이야기들을 들으면 김이 빠지고 사기가 꺾일 수도 있다. 글쓰기를 처음 시작하는 사람에게는 물론이고 열심히 매진하고 있는 이에게도 매일 3~4편 글을 쓰는 것은 어렵기 때문이다. 그것도 1~2년이 아니라 10년이 넘는 기간이라니. 거기에 비하면 100일이라는 시간은, 흐르고 나면 흔적도 남지 않는 찰나라는 생각이 든다. 글쓰기 습관 운운했는데 이 짧은 100일이 그만큼의 가치를 가져다 줄 수 있을지 의문이 들 수도 있다.

100일 동안 열심히 쓴다고 해서 자신의 생각을 일필휘지하는 문장가가 되기는 힘들다. 다시 말하지만 100일 글쓰기의 목적은 달필이 되는 것이 아니라 기본기를 갖추기 위한 습관을 기르는 것이다. 책 말미에도 이야기하겠지만 글쓰기는 100일로 끝나지 않는다. 100일 이후에는 글쓰기의 또 다른 출발선에 서게 된다. 거기서는 글쓰기 습관을 토대로 다음 글쓰기로 도약하기 위한 훈련이 시작된다. 단, 100일 글쓰기와 같은 습관 형성 과정을 거치지 않는다면 이런 도약 연습에는 발조차 들여놓기 힘들다. 소설가 조이스 캐롤 오츠는 이렇게 말했다. "글쓰기는 무의식에서 원동력을 얻지만, 어느 정도까지는 우리가 '의식적으로' 능숙해지도록 훈련할 수 있다."

그렇다면 100일 글쓰기를 이미 경험한 사람들은 어떨까? 100일 동안 그들은 무엇을 이루었을까? 목적을 향해 나간 이들의 과정과 결과를 살펴보는 일은 100일 글쓰기를 시작하는 사람들에게 큰 의미가 될 것이다.

조미애 씨는 소설가 지망생이다. '소설 기계'가 되겠다는 일념으로 100일 글쓰기를 시작했다. 초반에는 환희를 느끼기도 했지만 단편 소설 최소 분량인 원고지 70매를 채우기가 힘들었다. 아무리 써도 40매를 넘기지 못했다. 미애 씨는 진지하게 고민했다.

> 대체 뭐가 문제일까. (…) 생각을 말하는 데 눈치를 본다는 점이었다. 나의 견해를 이야기하는 데 너무 큰 두려움이 내 안에 있었던 것이다. (…) 자기표현에 이런 주저함을 가지고 있다는 것을 알게 된 건 전적으로 100일 글쓰기를 통해서였다. 글을 써 보지 않았다면 나의 성격에 대해서 돌아보는 일도 쉽지 않았을 것이다. 꾸준히 써봐야만 글에 대해서, 나에 대해서 알아갈 수 있다. 그래서 나는 100일 글쓰기 시간을 자아성찰의 시간이라 정의한다. 나를 돌아보고 나를 치유하는 시간이었다. 또 다른 백일을, 천일을 약속할 수 있는 시간이었다. 언젠가, 나는 죽겠지만 내 글은 천년을 살기를 바란다는 염원을 품었다. 100일은 서막에 불과하다. 나는 아직 시작도 안 했다. —100일 글쓰기 참여자 조미애

미애 씨는 습관 형성을 넘어 자신의 글쓰기 취약점을 간파했다.

100일 동안 연속해서 글을 쓰지 않았더라면 결코 알 수 없는 점이었다. 문제의 열쇠는 직접 몸으로 부딪힌 자에게 주어진다. 미애 씨는 100일을 연마하고 당당히 그 열쇠를 손에 거머쥐었다.

글쓰기는 일상에 긴장감을 준다. 몰입해서 쓰는 행위는 매순간을 살아 있게 만든다.

> 지나온 80일간, 글쓰기는 쓸데없는 걱정의 방해꾼 역할을 해주었다. 글을 쓰는 일과가 추가된 만큼 심란하고 복잡한 삶에 대한 쓸데없는 걱정을 할 시간이 줄었다. 글을 쓰는 데 두뇌를 많이 쓰고 잉여롭게 남기지 않아서 좋다. 그리고 마구잡이로 구겨 한 쪽으로 치워놓았던 나를 펼쳐보는 일이다. 구깃한 나의 기억, 감정, 현재, 꿈, 관계, 진심을 조용히 펴보는 일이다. —100일 글쓰기 참여자 김민옥

김민옥 씨는 글쓰기가 쓸데없는 걱정을 하지 않도록 해준다고 말한다. 민옥 씨의 말은 겨우 며칠을 써본 후의 생긴 어설픈 심리가 아니라 80일간 정성을 다해 쓴 후 발견하게 되었다는 점에서 가치가 크다. 안방에 누워 바라본 사진 속 에베레스트 설경과 폭설이 내린 날 한라산 등반 후 내려다본 산 밑의 눈은 차원이 다르다.

내 인생, 옷 또는 여성성, 글쓰기, 관계, 남편, 부모, 이준이, 범이, 여행, 집, 부엌, 소설 등이 그간 써온 글의 소재들이었다. 내밀한 이야기들이 가장 주워 쓰기 편해서 100일 가까이 쓰다 보니 나에 대해 집대성한 셈이 되었다. 처음에는 몸이 아픈 얘기가 많았고, 그 이야기가 예전에 마음 아팠던 이야기로 연결되었으며, 마음을 다잡고 즐겁게 살기 위해 쓴 글로 이어졌다. 즐거움을 잡으려다 보니 살림과 육아를 조금 손에서 놓은 경향이 있었다. 그만큼의 가치가 있는 시간이었기에 상관없다. —100일 글쓰기 참여자 하추자

하추자 씨의 남편은 이렇게 말했다고 한다. "당신 뭔가 많이 정리가 된 듯이 느껴져. 화도 줄고, 편안해 보여. 당신이 글쓰기를 계속 했으면 해." 추자 씨는 40년 동안 묵혔던 감정을 100일 동안 쏟아부었다고 말한다. 이처럼 100일 글쓰기는 자신을 성찰하는 기회를 준다.

100일 글쓰기를 시작하는 사람들

업무적 필요에 의해 100일 글쓰기를 시작한 사람도 상당히 많다. 서울 시내에서 요식업을 운영하고 있는 류성열 씨는 스토리를 만드는 힘을 기르면 매력적인 홍보문을 쓸 수 있다고 믿었다. 실제로 그는 다양한 종류의 글을 100일 동안 도전했다. 일상은 물론, 칼럼 단상, 영화 리뷰, 시사, 정치에 관한 자신의 의견을 글로 적어나갔다. 특히 사진을 항상 첨부해서 마치 근사한 리플릿을 보는 느낌을 주었다. 이런 시도는 글 읽는 묘미를 전달할 뿐만 아니라 마케팅에도 실질적인 도움을 준다.

임은수 씨도 업무 중에 글을 써야 하는 상황이다. 보도자료나 SNS 관리, 심지어는 칼럼 쓰기까지 의뢰를 받는 경우가 많다. 하지만 글쓰기 두려움이 커 초안을 작성하는 것이 힘들다고 했다. 이랑 씨의 목표는 글쓰기 부담감을 떨치는 것이었다. 일단 많이 써보자는 마음으로 100일 동안 직장이나 가족처럼 생활 소재를 사용하여 글을 쓰는 동시에, 사회, 정치와 같은 딱딱한 분야에도 도전했다.

주변에 대한 관찰이 아쉬웠다. 거리를 걷다 보면 얼마든지 소재를 찾을 수 있었다. 주변을 돌아볼 여유가 없어서 그랬다는 핑계를 대본다. 그래도 글을 쓰며 마음의 안정을 찾았다. 글을 읽고 쓰며 내가 생산적인 일을 하는 것 같아 뿌듯했다. —100일 글쓰기 참여자 임은수

이처럼 꾸준한 글쓰기는 자신감을 선사한다. 에이전시에서 마케팅 관련 일을 하는 이재환 씨는 카피라이팅, 기획안 등을 작성한다. 그는 글쓰기 각오 글에서 '5시간의 법칙'을 말했다.

'5시간의 법칙'에 대해서 처음 들었던 것은 여느 때와 같이 나른한 금요일 오후에 있었던 팀 미팅이었다. 1993년, 1994년 세계 주니어 체스 대회를 석권하던 아이가 평일 하루 한 시간,

> 일주일에 다섯 시간의 연습으로 10년 후에는 태극권으로 세계 챔피언이 된 이야기. 누구나 멈추지 않고 끊임없이 무엇인가에 매진한다면 그 분야에 특별한 능력을 지니게 된다는 이 평범한 진리에 대한 이야기가 나에게 던진 질문은, 그렇다면 '무엇에 그 다섯 시간을 써야 할 것인가'였다. ―100일 글쓰기 참여자 이재환

재환 씨가 택한 것은 글쓰기였다. 그는 100일 동안 꿈 이야기를 글로 풀곤 했다. 간밤에 꾼 꿈을 메모하고 스토리를 살려 훈련을 한 것이다. 무의식에서 발생한 소재를 기점으로 묘사, 서사, 설명 등 글쓰기 주요 요소를 직접 다룬 셈이다.

아이들을 가르치는 고자영 씨는 멘탈을 위로받고 싶다고 했다. "학생, 학부모 등 사람들 대하는 일이 감정노동이거든요. 여기서 오는 피로를 글로 풀고 싶었어요. 그런데 언제부터인가 일기 이상을 못 썼어요. 다양한 글을 제대로 쓰고 싶어요." 자영 씨는 100일 동안 특히, 정제된 언어로 함축된 의미를 담아내는 시를 많이 썼다. 단어 하나하나를 신중히 고르는 노력은 자신을 정화시키는 수련 과정이었는지도 모른다.

글쓰기는 막연히 꾸던 꿈을 현실에서 실행할 수 있게 해준다. 조성진 씨의 꿈은 소설책을 한두 권 쓰는 것이다. "동네 김밥 집이

새로 생겨서 갔어요. 음식 포장을 받았는데 포장지에 주인이 직접 쓴 시가 적혀 있었어요. 꿈이 시인이래요. 생계가 어려워서 식당을 하게 되었대요. 충격을 받고 나도 써야겠다고 생각했어요. 작은 누나가 서른 다섯 살이 넘기 전에 도전하지 못하면 영원히 못 할 거라고 말했어요. 제가 지금 1년 남았거든요. 그래서 신청했어요." 성진 씨는 주말 근무가 있는 바쁜 일정을 쪼개가며 습작을 했다.

물론 처음 글쓰기를 하는 사람도 있다. 신종연 씨는 그동안 여러 분야를 시도했다. 하고 싶은 일이 있으면 일단 도전했다. "제가 작가가 되고 싶다든지, 쓰고 싶다든지 하는 것보다는 책 읽고 표현은 하고 싶은데 그게 잘 안 되었습니다." 종연 씨는 생생한 일상을 솔직하게 표현하는 글을 100일 동안 썼다. 서울로 올라와 겪었던 전세살이를 회고하기도 했고, 제주 여행을 기록으로 남기기도 했다.

> 100일 글쓰기를 하면서 좋았던 점은 아무래도 첫 문장을 쓰는 두려움을 없앤 것이다. 80편이 넘는 글을 써오다 보니 두려움은 많이 줄었고, 첫 문장의 두려움이 사라지니 그 다음 글도 훨씬 편하게 써 내려간다. 100일 글쓰기를 하면서 얻은 가장 긍정적인 점이다. —100일 글쓰기 참여자 신종연

100일 글쓰기는 글의 두려움을 없애준다. 자기를 성찰하게 하고, 지치고 힘든 이에게는 죽비소리처럼 각성을 주기도 한다. 무엇보다 꾸준히 쓰는 것이 필요한 이들에게 매일 글을 쓰는 것은 큰 힘이 된다. 글쓰기의 힘은 단지 매력적인 문장 하나를 건설하는 데 그치지 않는다. 문장 안에 담긴 관점, 소재, 사유 등을 축조하는 데까지 미친다. 그러한 글쓰기의 작용을 실감하기 위해선 최소한의 시간이 필요하다. 기준점은 글쓰기 습관 형성이다. 100일 글쓰기는 기대와 열망을 현실로 연결하는 끈이다.

2장

100일 글쓰기 시작!

워밍업 글쓰기

지금까지 100일 글쓰기란 무엇인지, 100일 동안 쓰면 무엇이 좋은지 간단하게 알아보았다. 이제부턴 100일 글쓰기의 전체적인 진행 과정을 단계별로 하나하나 살펴보자.

처음 100일 글쓰기를 기획할 때 어떻게 하면 참여자들의 결의를 굳게 다질 수 있을지에 주안점을 두었다. 다른 수업처럼 공지문을 올리고 신청을 받고 곧바로 시작하는 과정을 취하면 100일 글쓰기는 '실패'할 것이라는 생각이 들었다. 100일간 글을 쓰려면, 일주일에 한두 번 강의를 들을 때처럼 수동적이어도 안 되고, '그냥 한 번 해볼까?'라며 느슨한 태도로 시작해서는 안 된다. 그렇지 않으면 매일 마감을 지키지 못하고 100일을 버텨내지 못한다. 글을 쓰고 싶은 절실한 마음과 주저 사이에 갈등 끝에 시작한 사람, 글쓰기 로망을 갖고 충동적으로 결심한 사람 모두가 100일 완주할 수 있는 방법은 없을까?

그래서 고안한 것이 '워밍업 글쓰기'다. 100일 시작하기 전에 약 2주 정도면 적당하다. 약 3~4일에 한 편씩 모두 3~4편 정도를 써본다면, 100일 출발에 무리 없이 자신감과 의욕을 가질 수 있다.

워밍업 글쓰기는 100일 글쓰기라는 '대업'을 진지하게 시작하게 만드는 의식이며 본격적으로 들어가기 전에 적응을 위한 맛보기다. 대업, 의식이라는 단어가 약간 과장처럼 보일 수도 있다. 나도 처음 기획 단계에서는 의식보다는 준비운동의 측면에서 워밍업 글쓰기가 훨씬 더 필요하다고 보았다. 마라톤 주자들이 42.195km를 달리기 전에 몸을 풀어주는 것처럼 100일 글쓰기에도 워밍업이 도움이 될 것이라고 생각했다. 하지만 워밍업 글쓰기 기간은 단지 옵션이 아닌 필수였다. 매번 100일 글쓰기 과정을 지켜보면서 이런 생각은 점점 강해졌다.

100일 글쓰기 첫날, 참석자들에게 어떻게 100일 글쓰기를 하겠다는 결심을 했는지 물으면 오랜 갈등을 했다고 말하는 분들이 많다. 100일 동안 과연 잘해낼 수 있을지, 중간에 포기하지나 않을지 걱정해서다. 이런 경우는 심호흡이 필요하다. 왜 글을 쓰려고 하는지, 100일이라는 기간에 도전한 이유가 무엇인지 자기 자신에게 진지하게 물어봐야 한다. 물론 답하기 어려운 물음이긴 하다. 글쓰기를 처음 하는 사람뿐만 아니라 작가들에게도 글을 쓰는 이유는 평생의 화두일 것이다.

직업적 또는 소명의식으로 글을 쓰는 사람이 아닐지라도 왜 자신이 글을 쓰려고 하는지 생각해보는 것은 중요하다. 이런 점에서 '100일 글쓰기 각오'를 쓰는 것은 큰 도움이 된다. 일종의 출사표가 될 수 있는데, 100일 글쓰기의 목적을 뚜렷이 세울 수 있고, 의지를 다질 수 있다. 그런데 이런 글을 쓰다 보면 글쓰기는 단지 취미가 아닌 개인의 '대업'으로 변모하기도 한다. 온라인 100일 카페에 이 글을 올리는 순간 자신에게는 물론 다른 사람에게도 글쓰기 의지를 천명하게 된다.

'100일 글쓰기 곰사람 프로젝트'에 등록하기까지 여러 날 망설였다. 며칠 못가서 지키지 못하고, 지키지 못하여 실망하고 결국 흐지부지될까봐서이다. 그래도 만일 100일 동안 내가 하루도 거르지 않고 해낸다면 정말 곰에서 사람이 된 것처럼 기쁠 것이라는 기대를 갖고 등록하고야 말았다. 다시 한 번 마음을 가

다듬는다. 이 강의를 왜 듣고자 했는지 생각해본다. 아이를 낳고 직장을 다니면서 시간이 얼마나 빠르게 가는지, 나이를 먹는다고 해서 저절로 다 안정되는 게 아님을 깨닫는다. 늘 공부하지 않으면 글쓰기와 독서도 오히려 더 퇴보한다는 걸 느꼈다. 지금으로선 '글쓰기'라는 용어도 나에겐 거창하게 들린다. 다만 하루하루 소소한 일상이 끝나거나 시작될 무렵에 내가 내 마음을, 내 생각을 불편 없이 표현하고 싶고, 그런 습관들이 자녀 교육에도 도움이 될 것이라 생각하니 두루 이로울 선택임을 믿는다. '100일 글쓰기 곰사람 프로젝트'를 잘 마치고 아이들에게 "미션 클리어!"를 외치는 날을 기대해본다. —100일 글쓰기 참여자 정연수

〈작심 100일!〉이라는 제목의 이 글을 쓴 연수 씨는 가정과 직장에서 바쁜 일상을 보내면서도 글쓰기로 자신을 찾고 싶다는 열망을 공표했다. 실제로 그녀는 퇴근 후 회식 중 마감시간이 가까워오자 자리에서 슬그머니 나와 근처 피씨방에서 그날 100일 글을 올리고 다시 참석하곤 했다. 중간에 여러 고비가 왔지만 100일을 계속 이어나갈 수 있었던 것은 자신과의 약속을 담은 워밍업 글 덕분이었다. 이처럼 워밍업 글쓰기는 100일 동안 언제든지 엄습해올 고비를 헤쳐나가는 데 도움을 준다. 힘들고 지쳐 글쓰기가

싫어질 때 이 글을 다시 읽고 출발선에 선 과거의 나를 기억하게 해준다.

이처럼 워밍업 글쓰기는 100일을 시작하는 마음가짐을 다지는 일이다. 실제로 이 과정을 거친 사람과 그렇지 않은 경우, 결과에 큰 차이를 보였다. 특히 고민 없이 100일 글쓰기 각오를 쓴 경우는 중도에 포기하는 사람이 많았다.

글쓰기도 결국 몸이 하는 행위다. 글감을 고르기 위해 주변을 두리번거려야 하고, 노트북에 글을 옮기기 위해서는 자리에 앉아야 한다. 몸은 거짓말을 하지 않는다. 쓰지 않던 글쓰기 근육을 갑자기 사용하면 과부하가 걸린다. 100일 시작한 지 얼마 안 돼 그만두게 되는 것은 당연하다. 따라서 적응기간이 반드시 필요하다.

100일 글쓰기 각오를 쓴 후에는 두 번째 워밍업 글쓰기로 돌입해보자. 좋아하는 책에서 인상 깊은 부분이나 표시해 둔 구절이 있다면 발췌해본다. 단지 옮겨 적는 것보다는 왜 그 부분이 마음에 들었는지 이유까지 쓰면 더 좋다. 처음에는 좋았던 이유를 설명하는 것조차 표현하기 힘들다. 그러면서 100일 글쓰기가 생각보다 만만치 않다는 것을 느낀다. 더불어 약간의 긴장과 함께 앞으로 잘 해봐야겠다는 의지도 생긴다.

그 다음에는 세 번째 워밍업으로 영화 감상문을 써보자. 드라마

워밍업 글쓰기 진행 과정

단계별	주제	비고
1단계	100일 글쓰기 각오	· 100일 글쓰기 출사표. · 자신에게 보내는 글이라 생각하고 자유롭게 쓰자. · 100일 동안에 반드시 엄습해올 고비의 순간에, 초심으로 돌아가 마음을 다잡게 하는 인상적인 글로 쓸 것.
2단계	좋아하는 책 구절 발췌하기	· 책에서 인상적인 부분을 발췌해보자. 평소에 읽는 책이나 신문, 인터넷에서 본 문장 모두 좋다. 선정한 이유와 감상을 적으면 더욱 좋다.
3단계	영화 느낌 글쓰기	· 최근 본 영화 중 글로 남기고 싶은 부분이 있다면 써보자. 영화 줄거리, 기억에 남는 영화 대사, 인상적인 이미지 등을 생각해보자.
4단계	자유 주제 글쓰기	· 쓰고 싶은 글감으로 마음껏 써보자. 멋진 글, 기상천외한 글, 기절초풍할 글, 담담한 글, 마음을 적시는 글, 힘차고 밝은 글 등 어떤 글도 좋다.

나 연극을 본 후 느낀 점 또는 여행 후기도 좋다. 이는 앞으로 다양한 매체에 대한 감상을 글로 옮기는 훈련이 된다. 기억나는 대사나 장면 등이 고스란히 글감이 된다. 여기에 감정과 느낌을 담아 글로 풀어쓰는 과정은 글쓰기 근육에 신호를 준다. 워밍업은 조금씩 자극을 주고 거기에 대응하는 기간이다.

마지막으로 자유 주제 글쓰기를 해보자. 100일 글쓰기의 감을 제대로 익힐 수 있다. 100일 동안 100편의 글을 쓰기 위해서는 다양한 소재가 필요하다. 곁에서 글감을 알려주는 사람이 있다 해도 그것이 내 관심에 없는 분야라면 글로 쓰기 힘들다. 쓰고 싶은 것을 썼을 때 자연스럽고 재미있는 글이 된다.

'무엇을 쓸 것인가' 하는 문제는 참가자들을 100일 내내 괴롭힌다. 이 부분을 미리 체험하면 100일 글쓰기 정신 무장에 큰 도움이 된다. 워밍업 글쓰기는 100일 글쓰기의 첫 관문이자, 필수적인 의식이다.

100일 글쓰기 진행 규칙

달력을 봅시다. 오늘은 일요일입니다. 일요일은 빨간 글씨로 표시되어 있습니다. 대한민국은 빨간 날이 노는 날입니다. 일부의 생각 없는 사람들이 놀기로 한 날 놀지 않고 일을 하니까 법으로 정해놨습니다. "빨간 날은 놀아라"라고. 하나님도 일요일에는 놀았습니다. 왜냐하면 빨간 날이기 때문입니다. 여자친구랑 구름 사이를 다니며 데이트를 즐겼을 것입니다. 친구들과 어울려 치맥에 농담 따먹기를 즐겼을 것입니다. 가끔은 조금 멀리 떨어진 구름CC에서 캐디들의 도움을 받아가며 18홀을 돌았을지도 모릅니다.

"하나님~ 나이스샷!"

이렇게 법으로도 정해지고 하나님도 놀고 하나님 친구들도 놀고 심지어는 우리 마누라도 밥 안 하고 노는 빨간 날 나는 법을 어기며 숙제를 하고 있습니다. ㅡ100일 글쓰기 참여자 유행열, 〈빨간 날도 써야 돼?〉

100일 글쓰기 곰사람 프로젝트에는 몇 가지 약속이 필요하다. 먼저, 매일 글을 쓴다는 점이다. 100일 글쓰기를 시작하는 사람들 중에는 80일이나 90일처럼 자기만의 목표를 정하는 경우가 의외로 많다. 100일이 너무 벅차다거나 혹은 개인적인 일정 등으로 일찌감치 현실적인 계획을 세우곤 하는데, 이는 좋은 방식이 아니다.

물론 물리적인 수치로 보자면 90일이나 100일이나 글쓰기 습관을 기르는 면에서 큰 차이가 나지는 않을 것이다. 하지만 '매일' 쓰겠다는 결심을 하지 않으면 일주일을 버티기 어렵다. 오늘 못 쓰게 되면 다음날도 쓰기 어려운 경우가 많고, 여파는 계속된다. 며칠을 건너뛰다 보면 어느새 일주일, 열흘 동안 단 한 편도 쓰지 못하게 된다. 설령, "오늘 못 썼으니 내일 두 편이라도 써서 채워 넣어야지."라는 생각을 한다 해도, 두 편을 쓴 다음날은 소진되어 글을 쓰지 않고 그냥 지나치기 십상이다.

워킹맘인 한 참가자는 처음엔 하루도 빠뜨리지 않고 잘 써나갔지만 50일이 지나자 글쓰기에 조금씩 균열이 왔다.

하루 이틀 못 쓰게 되니까 나중에라도 100편을 채워야겠다는 생각으로 목표가 바뀌더군요. 늦게 퇴근하고 아이들 뒤치다꺼리하다 보면 시간이 금방 가거든요. 주말에 몰아서 쓴 적도 있었는데 이게 만성이 되는 거예요. 70일째 넘어가니까 못 쓰는 날이 점점 많아지고…

뿐만 아니다. 한 번의 타협은 몇 차례의 포기로 이어지고 결국 프로젝트를 접게 된다. 자신도 모르게 '절필'하게 되는 사태까지 오게 되는 것이다. 이런 참사를 미연에 방지하기 위해 '매일 쓰기'를 반드시 약속해야 한다.

다음에 염두에 둬야할 것이 매일 쓰는 글의 분량이다. 일정량 이상을 쓰겠다는 약속을 해야 한다. 전문 작가들도 글쓰기 감과 능력을 키우기 위해 매일 쓰려고 노력한다. 소설가 김훈이 자신의 방벽에 '필일오(必日伍)'라고 쓴 일화는 유명하다. 무작정 매일 쓰겠다고 생각하는 것보다 원고지 5매 또는 A4 반쪽 이상 등 구체적으로 분량을 정해야 한다. 그래야 목표 의식이 생겨 매일 쓸 수 있다. 약간의 의무를 강제하는 경우인데 이 약속을 어기면 메모나 낙서 수준의 글을 쓰기 쉽다.

자작시를 올리는 경우도 있는데 이런 때는 주의해야 한다. 물론 단어 하나하나를 신중히 고르는 일은 글쓰기에 분명 도움이 되기에 혼신의 힘을 다해서 완성한 시는 당연히 괜찮다. 하지만 정해진 양 이상을 쓰기가 벅차 메모 수준의 시를 쓰게 된다면 상황은 다르다. 한두 줄로 하루치 글을 때울 수 있는 여지가 허용되면 '영혼 없는 시'를 쓰게 될 뿐이다.

글쓰기 초보자인 경우에는 글의 양을 늘리는 것이 무엇보다 중요하다. 그래야 글을 시작하는 두려움과 맞설 수 있고 조금씩 적응해갈 수 있다. 이러한 100일의 노력이 쌓여 글쓰기 습관이 형성된다.

그렇다면 언제, 얼마만큼 써야 할까?

글쓰기를 시작하는 사람들의 상황, 경험, 능력 등이 서로 다르기에 최소한 분량을 정하는 것이 중요하다. 난 보통 200자 원고지 1.5매 이상을 권유한다. 한글 10~11포인트로 약 6줄 정도의 양이다. 이 정도 분량을 제시하면 너무 적은 것이 아니냐고 반문하는 경우도 있다. 그렇지 않다.

100일은 언제 시작하더라도 계절이 바뀌게 되는, 생각보다 긴

시간이다. 그 사이에 명절이나 휴가가 포함될 수도 있고 생각지도 못한 출장이 잡힐 수도 있다. 때에 따라서는 이사나 이직, 결혼 등 인생의 중요한 변화나 사건을 겪게 될 수도 있다. 이런 날까지 꼭 글을 써야 하느냐고 생각할지도 모른다. 하지만 이런 정도의 일들이라면 글 쓰는 것을 포기하지 말아야 한다. 습관은 그냥 만들어지지 않는다. 어떤 상황에서도 멈추지 않고 써나가겠다는 각오가 있어야 한다.

그것을 현실적으로 가능하게 만들기 위해서라도 최소 분량의 약속이 필요하다. 글이 짧아도 논리성을 갖출 수 있다. 1.5매 정도는 서론, 본론, 결론을 각 2줄씩 쓸 수 있는 분량이다. 깔아주고, 펼치고, 모아주는 세 문장으로도 한 편의 글을 완성할 수 있다. 그것이 익숙해지면 조금씩 문장을 늘리면 된다.

글의 마감 시간은 언제가 좋을까? 보통 자정으로 정하면 좋다. 그날 글은 어떤 일이 있어도 그 시각 전에 마무리하겠다는 약속을 해야 한다. 마감 기한이 정해지면 글쓰기 착수가 보장되고 그 시간도 빨라진다. 무엇을 쓸지 고민하다 보면 벌써 마감 1시간 전인 경우가 많다. 글감이 정해지지 않았더라도 컴퓨터 앞에 앉게 되고, 한두 자씩 쓰다 보면 부족하게나마 한 편의 글을 쓸 수 있다.

마감이 없다면 고민만 하다가 결국 다음날로 미루게 된다. 글감

100일 글쓰기 진행 규칙

	규칙	비고
1	매일 쓰기	100일 글쓰기 약속의 대전제다. 하루도 빠뜨리지 말고 매일 써야 한다.
2	일정량 이상 쓰기	최소 원고지 분량을·기간별로 늘려나가는 것도 좋다.
3	하루 마감 지키기	마감은 그날 자정으로 정하자. 정성일 영화평론가는 마감을 어기면 오른팔을 잘라버리겠다는 선언을 했다고 한다. 너무 과격한가? 그만큼 마감은 생명이다.

이 없다면, 무엇을 써야 할지 모르겠다는 문장부터라도 일단 쓰기 시작하면 글이 풀린다. 마감이 없다면 그런 문장조차 쓰기 어렵다. 굳이 자정으로 정하지 않아도 괜찮다. 자신의 생활 패턴을 살펴서 마감을 정하자. 마감을 지켜내는 하루하루가 쌓이면 글쓰기 두려움이 조금이나마 희석된다.

100일간의 단계별 심리 변화

100일은 생각보다 긴 시간이다. 돌발 요소가 곳곳에 포진되어 있어 잠시라도 긴장을 늦춘다면 글쓰기를 중단하게 된다. 마라톤을 달릴 때도 레이스 구간을 미리 숙지하는 것이 중요한 것처럼, 100일 장정 중에 엄습할 수 있는 심리를 살펴보는 것은 '100일 생존'을 위해 필요하다. 감정으로 겪게 될 수 있는 슬럼프를 미연에 방지할 수 있기 때문이다.

처음 100일 글쓰기를 기획할 때 사람들이 그 기간 동안 어떤 심리를 가질지 예상해보았다. 심리의 변화 과정을 크게 네 단계로 나눴다. 설렘 – 적응 – 소진 – 버팀. 사람들이 장기간의 목표를 향해 갈 때 느낄 수 있는 감정을 기준으로 작성한 것이었는데, 실제로

100일간의 심리 변화

	기간	심리
1	1~14일	설렘, 막막, 혼란
2	15~28일	벅참, 연명
3	29~42일	적응
4	43~56일	안심, 자만
5	57~70일	타성, 회의
6	71~84일	소진, 무력
7	85~98일	묵묵, 기대
8	99~100일	벅참, 감격

수많은 사람들이 100일 글쓰기를 해온 과정을 살펴보니 예상을 크게 빗나가지는 않았다. 물론 개인마다 상황이나 환경, 글력 등이 달라 일률적으로 적용하기는 힘들지만 심리의 시한폭탄의 추이는 비슷했다.

위 표는 2주를 한 기간으로 해당 심리를 작성한 것이다. 처음 한 달 가량은 '설렘'의 감정이 들기도 한다. 한 수강생은 100일 글쓰기를 시작하며 두근거리는 감정을 표현했다. 그는 통번역을 하는 프리랜서인데, 생각을 조리 있게 전달하기 위해서는 글쓰기 훈련이 필요하다고 느꼈다. "제 꿈은 방송 쪽에서 일하는 거예요. 커뮤

니케이션이 잘 안 되면 일에도 지장이 와요. 막무가내로 시작하게 되었지만 기대가 돼요." 그는 생각을 정리하고 표현하는 과정과 글쓰기의 연계성을 잘 파악하고 있었다. 생각을 전달하는 것은 머릿속을 부유하는 온갖 소재들을 취사선택해 일렬로 배열하는 작업과 같다. 글쓰기는 추상적인 생각을 구체적인 문자로 구현하는 일이기에 이런 과정에 적합한 훈련이다. 앞으로 100일 동안 열심히 한다면 생각을 풀어내는 솜씨가 상당히 발전할 수 있다. 자신감도 붙는다.

한편, '설렘'의 감정을 축으로 감당하기 어려울 것 같은 막연한 '두려움'이 생겨날 수도 있다. 매일 쓰고 싶어 하는 김두연 씨는 곰사람 프로젝트 취지가 마음에 들어서 신청했다. 처음부터 짧은 시간에 글쓰기가 향상 되리라는 기대를 낮춰 부담이 없다고 말하면서도 살짝 긴장된다고 했다. "워밍업 글쓰기 세 번 중에 두 번을 제때 못 냈어요. 이제부턴 매일 써야 하는데 걱정이 돼요."

기대 반 걱정 반으로 100일 글쓰기를 드디어 시작하고 약 2주가 지나면 막막하고 혼란한 상태가 정리되기도 전에 어느새 매일매일 가까스로 연명하는 자신을 발견하기도 한다. 글로 풀어놓겠다는 글감이 생각보다 벌써 바닥나는 경우가 많다. 인상적인 여행지, 파란만장했던 과거의 경험, 소설을 몇 권씩 쓰고도 남을 유년의 추억 등을 글로 정리해보겠다는 당당한 포부는 이미 온데간데 없다. 하루하루 글감 구걸자로 전락한 자신의 모습에 그만두고 싶은 마음이 엄습한다. 실제로 이 기간에 많은 사람들이 포기한다. 다른 일정이나 일에 쫓겨 글쓰기가 밀리다 보니 글감을 사색할 여유가 없다.

"제가 다닌 여행을 총정리해보고 싶었어요. 친구랑은 물론 혼자서 국내, 해외 많이 다녔거든요. 그런데 열흘 정도 쓰니까 더 쓸 말이 없는 거예요. 이제 보니 여행 패턴도 비슷하고 막연하게 생각만 했지 내가 거기에 왜 갔는지 의미가 무엇인지 설명하기가 힘들었어요." 어느 회원의 말이다. 이 분은 근사한 여행기를 쓰고 싶다는 소망을 접은 채 미안하다며 100일 글쓰기를 그만두었다.

이 시기를 넘기면 적응하는 단계가 온다. 30일 정도가 되면 어느 정도 습관 형성이 시작된다.

이런 와중에 내가 미루지 않는 것이 딱 하나 있다면 바로 100일 글쓰기이다. 몸은 천근만근이고 할 일은 산처럼 쌓여 있는 오늘 같은 날에도 나는 컴퓨터 모니터 앞에 앉아 있다. 저녁이 깊어지면 어느새 오늘은 뭘 쓸지에 대해 고민하게 만드는 어떤 시스템이 내 몸과 정신 속에 자리 잡은 듯하다. 어쩌면 내게 필요한 것은 억지로 마음이 동하기를 바라는 것이 아니라 해야 하는 일들을 미루지 않고 처리할 수 있는 시스템을 구축하는 일일지도 모르겠다. 단순히 전기세 내기나 반려식물에 물 주기 같은 루틴한 일들이 아니라 내가 미루고 있는 것들을 총체적으로 제어할 수 있는 시스템. 함께 참여하는 사람들, 매일 컴퓨터 앞에 앉아야 할 시간을 알려주는 선생님 덕분에 습관이 되어버린 100일 글쓰기처럼 말이다. —100일 글쓰기 참여자 이재환

약 한 달 정도 글을 쓰게 되면 재환 씨처럼 글쓰기를 하루 일과로 자연스럽게 받아들이기 시작한다. 글쓰기는 자연스럽게 다른 분야에도 안정과 만족을 가져온다. 전업주부인 한 회원은 예전에는 책을 좋아했지만 살림과 육아에 쫓겨 독서는 꿈도 꾸지 못했는데 30일쯤 지나자 글감을 찾기 위해 읽을거리를 뒤적였다고 한다. 엄두도 내지 못하던 일을 이젠 적극적으로 행하는 예다. 하추자 씨는 글쓰기 25일째의 변화를 다음과 같이 전한다.

변화 2. 일과를 쓰는 일기 이외에는 글을 쓰지 않으니 자연히 생각을 정리하며 살지 못했다. 내 감정과 생각이 정확히 뭔지 알 수 없었다. 누군가와 대화하면 자신이 없었고 멍했다. 100일 프

로젝트를 시작하고 거칠게나마 생각들을 정리했다. 이번 설 명절에 나는 식구들과 얘기하면서 또박또박 얘기하고 있었다. 주장까지 하고 있었다. 늘 허허, 웃기만 해서 만만한 동생, 시누, 맘 좋은 딸로 여겼는데 모두 당황한 눈치다. 20대의 추자가 돌아왔다고 조심하는 눈치였다. 밤에 글을 쓰고 자면 밤새 뭔가에 시달린다. 자면서도 이런저런 생각을 하는 모양이다. —100일 글쓰기 참여자 하추자

100일 글쓰기 여정에 위기가 찾아올때

적응 기간을 넘기면 벌써 50일째를 맞게 된다. 100일 중 절반에 도달한 것이다. 이쯤에서 많은 사람들이 여러 감정이 뒤섞인 묘한 심리를 겪는다. 마라톤으로 보면 풀코스 중 하프에 해당되는 지점이고, 지금까지 온 만큼 앞으로 남아 있다는 생각에 지나온 글들을 다시 보기도 한다. 워밍업 글을 포함 약 50여 편의 글을 살펴보면 뿌듯함도 잠시 글의 밀도나 구성, 주제, 소재, 분량 등 그 어느 것도 마음에 들지 않는다. 100일을 완주해도 이 정도 밖에 못 쓸 뿐이라는 생각에 회의가 들기도 한다. 이때 카페 게시판에는 투정 어린 글이 올라오기도 한다.

목적지가 있어서 걸어가기 시작했는데 생각보다 길이 예뻤다. (중략) 이제 절반 넘게 왔는데 걷기가 싫다. 걸을수록 근육이 붙어서 더 잘 걸을 수 있을 줄 알았는데 근육통은 계속 되고 체력이 소진되어 간다. 같이 걸어가던 사람들도 하나둘씩 줄어들었다. (중략) 맨날 무턱대고 걸을 게 아니라 쉬어 가며 걸어야 하는 게 아닐까 싶기도 하다. 그러면 근육통도 줄어들고, 체력도 좀 보충할 수 있지 않을까. 하지만 알고 있다. 걸음을 멈추면 나는 주저앉아서 일어나지 않을 것이란 걸. (중략)

요 며칠 글쓰기가 재미없다. 조금이라도 나아져야 한다는 생각에 쓰기 싫은 감상문을 쓰려고 애쓰기 때문인가. 글이 조금이라도 나아졌으면 좋겠는데 갈수록 못나져서인가. (중략) 내 안에 쌓아 놨던 것을 다 꺼내 썼나. 신나서 시작했지만 어느 정도 하고 나면 말아버리는 그 시점이 온 것인가. 날씨가 너무 좋아서인가. 이 모든 것이 이유겠지.

날씨가 봄이다. 출근하기 전에 집 정리도 하고 화분들 봄맞이 준비도 시켜야겠다. 오늘은 이렇게 한 걸음 걸었다. 내일은 신나서 걸을 수 있을지 모른다. 갈지자로 걷든 배밀이로 기든 쉬지 말고 가보자. —100일 글쓰기 참여자 박경빈, 〈쓰기 싫다〉

100일 글쓰기를 꾸준한 걷기에 비유하며 회의감과 반성, 다짐 등이 뒤섞인 솔직한 글이다. 경빈 씨는 이 기간을 잘 극복해서 100일 완주에 성공했다.

70일이 지나면 치명적인 슬럼프가 올 수도 있다. 몸도 마음도 소진되어 무력감이 찾아오는데 정신을 차리지 않으면 100일 글쓰기에 실패하고 만다. 지나온 날보다 가야할 날이 많지 않기에 그만두고 싶은 마음도 쉽게 들지 않는다. 자신의 글쓰기 실력에 회의를 느낄 여력도, 100일 과정이 과연 글쓰기에 도움이 되는지 생각해볼 틈도 없다. 하지만 이 시기를 반드시 극복해야 한다. 100일 글쓰기 성공 여부의 큰 분수령이 되기 때문이다.

잠시 쉬겠다며 글을 놓는 사람은 결국 주저앉게 된다. 그만두자니 지금까지 투자한 시간과 노력이 아까워 억지로 쓰게 되는 경우도 있다. 타성에 젖어 영혼 없는 글로 연명하면 100일 고지를 밟게 되어도 환호하지 못한다. 100일 동안 겪지 않아도 될 고생을 한 셈과 같다. 반면, 이 시기를 잘 버틴다면 다가오는 하루하루가 귀하게 여겨진다. 습관을 넘어 글쓰기 근육이 붙게 된다.

이때부터는 목적이 바뀌게 되는 경우도 많다. 단지 100일을 완주하는 것이 아니라 어떻게 하면 내 마음에 들도록 글을 조종할 수 있을지 고민하게 된다. 글 흐름에 변형을 주기도 하고, 묵혀뒀던 글감들을 이리저리 배합시키기도 한다. 같은 소재로 다른 시각에서 접근해보기도 하고, 같은 주제를 다른 표현으로 써보기도 한다. 글을 매만지는 재미에 빠지게 되면 앞으로 남아 있는 20여 일이 아쉽고 귀하다. 100일 이후 글쓰기 기대를 갖게 되기도 한다. 쉽지는 않아도 약간의 긴장과 시간을 투자한다면 자신의 생각을 근사하게 늘어놓을 수 있다는 걸 발견하는 기쁨이란! 어느새 100일이 다가오면, 성취를 넘어 글쓰기 세계로 입장권을 획득한 감격을 누리게 된다.

100일 글쓰기는 장기전이다. 상황과 심리를 미리 조망해본다면 누구나 100일 고지에 올라설 수 있다. 100일 봉 너머에는 당신이 그토록 열망하는 글쓰기 세상이 펼쳐져 있다. 그곳에 가보고 싶지 않은가. 주저할 필요 없다. 노트북 아니 종이와 필기구만 챙기면 된다. 당장 100일 도전을 시작하자.

3장

100일 글쓰기, 어떻게 할까?

무엇을 쓸 것인가

지금까지 100일 글쓰기를 하는 이유, 과정 등을 살펴보았다. 그렇다면 100일 동안 어떤 글을 쓰면 좋을까? 기본적으로는 내용, 형식에 구애받지 않고 자유롭게 쓰면 된다. 글쓰기 첫날 이렇게 이야기를 하면 대부분의 수강생들이 부담 없이 받아들인다. 자신이 하고 싶은 이야기를 마음대로 쓸 수 있기 때문이다. 하지만 며칠 지나지 않아 대부분의 사람들은 글감 부족을 호소한다. 무엇을 써야 할지 도무지 머리에 떠오르지 않아 막막하고 두려움을 느낀다. 호기롭게, 야심차게 시작했지만 글감을 구걸하게 되는 것이다. 무슨 문제가 있어서일까?

글감이 빈곤한 데는 크게 두 가지 이유가 있다.

첫째, 자신의 경험, 추억, 상황 등을 축으로 쓸 거리는 많지만 '감히' 그것을 표현하지 못하는 경우다. 보통 자기검열이라고 볼 수 있다. 이 부분은 무척 중요하므로 3장~4장에서 자세히 다루겠다.

둘째, 일상에서 접하는 무수한 소재들을 글감으로 전환시키는 데 소홀하기 때문이다. 어제와 같은 오늘이라 하더라도 매시간 우리를 감싸고 지나가는 사건들은 의미와 감정에 서로 다른 미묘한 파장을 일으킨다. 여기서 발생하는 섬세한 떨림을 포착할 수만 있다면 당시 상황을 넘어서 자신의 과거 기억이나 추억과 결합하여 변주할 수 있다. 이것에 적응할 수 있다면 패턴화된 일상도 충분히 독창적인 의미를 추출할 수 있는 훌륭한 글감이 된다.

유행열 씨는 생활의 일부분인 '설거지'를 주제로 연작 글을 썼다. 〈설거지로 득도하는 방법〉이라는 제목으로 어렸을 적 어머니를 도와 10명의 식구의 설거지를 시작으로, 대학시절 자취방을 옮겨 다니며 실행한 설거지 순례, 설거지할 때 반드시 지켜야 할 일 등을 5편에 걸쳐 담아냈다. 이 글들은 회고와 성찰이 변주되어 잔잔한 감동을 준다.

설거지를 할 때는 라디오나 TV를 절대로 켜서는 안 된다.

(…) 그렇게 되면 설거지의 즐거움을 느낄 수 없고 나아가 깨달음을 위한 수련이 제대로 이루어지지 않는다. 오로지 손가락 끝의 감각으로 그릇의 표면을 보는 듯이 느껴야 하고 그릇을 헹굴 때 나는 물소리만으로 그릇의 세척 정도를 알아 채야 한다. 주변의 잡소리가 개입된다면 이것은 절대 불가능하다. (…) 세월호 관련 뉴스라 치자. 당신은 아무렇지도 않게 설거지를 할 수 있겠는가? 당신의 마음은 세월호처럼 물속으로 잠겨들 테고 그릇의 무게가 천근만근으로 느껴질 텐데, 이제 남은 설거지를 어찌할 것인가? — 100일 글쓰기 참여자 유행열, <설거지로 득도하는 방법 5> 중에서

생활밀착형 글감은 연작으로 쓰기에 손색이 없다. 장상원 씨는 미국에서 잠시 한국으로 들어와 있는 중에 100일 글쓰기를 신청했다. 장기 체류는 오랜만이었는데 그동안 의미 있는 일을 하고 싶었다고 한다. 그는 집에 남겨두고 온 반려견을 회고하며 글을 쓰기도 했다. 그런데 독특하게도 주인이 아니라 개의 입장에서 글을 썼다. 또 미리 계획된 글이 아니라는 점이 재미있다. 상원 씨는 78일째 글에서 다음과 같이 썼다.

토토와 같이 지낸 지 벌써 13년이 되었다. 토토는 우리 집 반

려견이다. (개 나이 계산 법으로) 토토는 81살이 된다. 개 평균 수명이 10년에서 13년이니 자기 수명은 채우고 있다. 아직도 건강한 것을 보면 5년은 더 살 수 있다. 함께 살면서 병이 걸리거나 다치거나 해서 주인에게 걱정을 끼친 일이 없었으니 고마운 개다. 요즘 주인으로서 걱정거리가 있다면 토토 나이도 있는 만큼 다가올 그의 죽음을 어떻게 맞을 것인가이다. —100일 글쓰기 참여자 장상원, <반려견의 죽음> 중에서

그날 이후 상원 씨는 〈토토의 회고〉라는 제목으로 연작 3편을 쓰게 된다.

장 씨 집으로 입양을 온 지 벌써 13년이나 되었다. 엄마 젖을 떼자마자 여기로 왔으니 기억은 없고 나중에 들으니 그렇다고 한다. (…) 반려동물 주인으로 장 씨는 자상한 사람은 아니었지만 나름의 책임감 있는 주인이다. 가끔 동네 한 바퀴 함께 산책도 하는 그런 주인이다. —100일 글쓰기 참여자 장상원, <토토의 회고> 중에서

반려견이라는 생활 소재를 쓴 후 거기에 '필'을 받아 개의 관점에서 '회고록'을 작성했다. 우리 주위의 많은 것이 글감이 될 수가

있는 걸 보여주는 훌륭한 예다. 글감 부족은 소재 결핍이 아니라 소극적인 글쓰기 태도에서 오는지도 모른다. 말 그대로 눈에 불을 켜고 달려들면 글감은 넘쳐난다.

생활에서 겪는 사건이나 경험에서 자신을 다지는 글쓰기도 좋다. 그야말로 살아 있는 글감이다. 고나진 씨는 자신의 취미나 성향을 그냥 지나치지 않는다. 왜 좋아하는지 그렇지 않은지를 깊이 생각한다. 자신을 관찰하는 일은 고스란히 글감이 될 뿐만 아니라 '나'를 성숙시키는 계기가 된다.

1. 쏜애플이라는 인디 뮤지션의 음악을 여름 내내 들었다. 너무 좋았다. 노래가 좋으니, 창작자에게도 관심이 갔고, 검색하게 되었다. 그리고 논란이 되는 보컬의 발언을 읽게 되었다. '여자 뮤지션의 노래는 자궁 냄새가 나서 듣기가 싫다.'라는 류였다. 그 후 이어진 해명 중 가장 기억에 남은 것은 '홀어머니 밑에서 자랐다'라는 말뿐이었다. 나머지는 현학적인 말로 늘어놓은 궤변에 지나지 않았다. 감상자의 입장에서 예술 작품은 창작자의 인성이나 가치관과 상관관계가 있을까. (…) 이 고민을 하는 과정에서 내 노래 목록 속 그들의 이름은 사라졌다. 자연스러운 거부반응이었다. 듣지 않는 이유는 그런 사람의 예술성을 찬양하고 싶지 않고,

그런 사람의 부를 축적해주고 싶지 않고, 그런 사람이 유명해지고 더욱 영향력 있는 사람이 되는 것을 원하지 않기 때문이다.

2. 마약 문제로 집행유예를 받은 래퍼 '아이언'의 노래를 듣는다. 이 사람은 도덕성이라기보다는 법적으로 문제를 지닌 사람이다.(물론 불법을 저지른 것 자체가 도덕적이지 못한 일이긴 하지만.) 왜 쏜애플은 안 되고, 아이언은 될까? 노래가 더 좋은가? 아이언은 법적 처벌 유무에 따라 죗값을 치루었고, 쏜애플은 그러지 않았기 때문에? 아니면 쏜애플의 발언이 불쾌한 건 내가 자궁을 가진 여성이고, 아이언의 마약은 나와 상관없는 문제기 때문에? 참 이상한 일이었다. —100일 글쓰기 참여자 고나진, <요즘 나를 괴롭게 하는 것들 첫 번째> 중에서

글쓰기는 단순한 감정 나열이 아니다. 세심한 관찰력을 키우고 자아 발견을 돕는 돌파구다. 나진 씨는 쏜애플은 싫고 아이언은 좋다는 막연한 생각에서 나아가 '예술가와 도덕성'이라는 문제를 발굴해냈다. 서머싯 몸의 『달과 6펜스』에도 비슷한 사유를 던져주는 부분이 나온다. 주인공인 스트릭랜드의 천재성과 그림을 그리기 위해 가정에서 도망친 부도덕성을 놓고 작품의 화자는 다음과 같이 말한다.

나의 의견으로는, 예술에서 가장 흥미로운 부분은 예술가의 개성이 아닐까 한다. 개성이 특이하다면 나는 천 가지 결점도 기꺼이 다 용서해주고 싶다.

— 『달과 6펜스』(송무 옮김, 민음사, 2000)

나진 씨는 자신의 기호에서 문학작품이 주는 논쟁 지점을 길어냈다. 그것은 그대로 글감으로 전환되었다. 어쩌면 생활과 일상은 글감의 창고인지 모른다. 어떤 글을 쓸지 치열하게 고민하는 작업은 창고를 뒤지는 일과 같다. 이를 위해선 두 가지 행동이 필요하다. 창고에 소재를 보관하는 것, 그리고 수시로 창고 문을 여는 것. 물론 둘 다 글 쓰는 우리의 몫이다.

소재를 모을 때는 메모하기를 추천한다. 인상적인 사건이라 하더라도 시간이 지나면 머릿속에서 증발되고 만다. 이를 막는 방법은 기록하기다. 한 수필가는 글감이 생각날 때마다 종이쪽지에 적어 편지 봉투에 모아놓았다고 한다. 그렇게 모은 글감은 글 쓸 때 요긴하게 사용되는데 요즘은 그보다도 편리한 방식이 많다. 스마트폰 메모장을 활용해도 되고, 녹음기를 사용해도 좋다. 중요한 것은 글 쓰려는 의지다. 이렇게 모인 소재는 창고로 들어간다.

소재를 글감으로 전환시키기

소재 창고 안의 모든 것이 글감으로 변신하지는 않는다. 일종의 화학적 요법이 필요하다. 사유를 끌어올 만한 문제점을 포착해야 한다. 어떻게 하면 될까?

한번은 같이 공부하는 사람들의 단체채팅방에 링크와 함께 설문조사를 부탁하는 글이 올라왔다.

1. TV만화 〈그라미의 서커스쇼〉는 전체관람가입니다. 이 등급에 적합하다고 생각하십니까?(적합하다. 적합하지 않다)
2. 〈그라미의 서커스쇼〉를 7세 미만 아이들에게 보여주시겠습니까?(보여준다, 보여주지 않는다) & 이유

(링크 주소 : https://m.youtube.com/watch?v=JPv6xlsLsHA)

그날 채팅방은 찬성과 반대 의견을 내며 활발한 토론으로 왁자지껄했다. 〈그라미의 서커스쇼〉는 국내 창작 애니메이션으로 한국에서 뿐만 아니라 해외에서도 큰 인기를 얻었다. 애니메이션 부문 대상, TV시리즈 12~14세 부문 대상 등 해외 영화제에서 여러 번 수상 경력을 가지고 있기도 하다. 위 링크는 '날아라 병아리' 편을 보여주는 동영상인데 마지막 부분에서 의아스러움, 놀람, 경악, 충격 등의 감정을 낳을 수 있는 장면이 등장한다. 직접 확인해보시기를 바란다.

나는 이 동영상을 오프라인 모임에서 토론용으로 제시했다. 예상대로 갑론을박의 활기찬 의견이 오고갔다. 문제는 그 다음이다. 이것을 어떻게 글감으로 전환시키느냐는 것. 영상을 보고 난 직후의 생각, 토론에서 발언을 한 이후의 생각, 다른 사람의 의견을 들은 후의 생각은 조금씩 다를 것이다. 이와 같은 생각의 변천을 곱씹는다면 아마도 근사한 글감이 될 것이다.

이 영상이 과연 전체관람가로 적합한지에 대해 토론을 시작했을 때, 나는 완강한 반대 입장이었다. 애니메이션에는 희망,

우정, 아름다운 결말 등 교육적으로 기대되는 바가 있는데 이 영상은 충격적이고 잔인해 개념이 서지 않은 아이들에게 너무 위험해 보였기 때문이다.

하지만 토론을 해나가면서 단순히 '귀여운 병아리'에 초점을 둔 시각에서 벗어나니, 첫 화면에서 사자가 굶주려 처량하게 걷고 있었던 모습이 떠올랐다. 전기구이통닭을 먹지 않았다면 사자는 죽었을지도 모른다. 이처럼 누군가를 잡아먹어야 내가 살 수 있는 것이 현실이다.

(…) 그저 보는 것으로 그친다면 영상은 위험할 수 있지만, 함께 보고 토론하고 생각을 확장한다면 아이들에게도 좋은 영상이 될 수 있다는 생각이 들었다. 아이들이 경험하게 될 앞으로의 현실은 선과 악이나 옳고 그름으로 선명히 구분할 수 있을 만큼 단순하지 않기 때문이다.

생각의 반전이 가능한 토론은 자라나는 아이들에게도, 틀에 박인 성인들에게도 모두 필요한 접근법인 것 같다. 이번 글쓰기 수업도 그런 면에서 참 유익했다. —100일 글쓰기 참여자 임예슬

예슬 씨는 자신의 생각이 변화되는 지점을 날카롭게 글로 옮겼다. 3분 정도의 짧은 영상은 아무리 인상적인 장면이 있다 해도

시간이 흐르면 잊혀지기 마련이다. 이처럼 토론을 한 후, 글로 남기는 과정은 100일 프로젝트에 도움이 될 뿐만 아니라 글쓰기 실력을 키우는 좋은 훈련이 된다. 예슬 씨는 소재를 단순히 창고에 처박아두지 않고 문을 열고 이리저리 살펴보며 글감으로 만들어 냈다.

글감 창고에는 정보 외에도 자신의 고유의 기억도 보관하면 후에 쓸모가 있다. 다음은 그림을 본 후 유년의 기억과 결부시켜 쓴 글이다.

> 입구에서 세 번째 그림이었다. 세로가 2미터는 족히 넘는 대형이었다. 그 그림 앞에서 울어버렸다. 갑자기 나오는 눈물에 당황했다. (…) '제목 해당화, 화가 이인성, 1944, 캔버스에 유채, 개인소장'이라는 설명은 내 눈물을 설명해주지 못했다. (…) 왜 눈물이 났을까. 화면은 전체적으로 수채화 같은 은은한 빛깔을 띠었다. 그리고 소중하게 꽃을 바라보는 소녀의 모습은 날 과거로 데려갔다. 잊고 있던 것, 잃어버린 것을 떠올리게 했다. 어렸을 적 끌어안고 잤던 엄마가 사준 스머프 인형이나, 화단 구석에서 자라던 박태기나무의 진분홍 꽃잎, 대문 앞 눈길에 깨어 놓던 타고 남은 분홍빛 연탄재. 다 잊어버린 줄 알았는데, 의

식 속 어딘가에서 잠재해 있던 기억을 한 장의 그림이 불러냈다. '해당화'의 향기가 나는 그림 앞에서 난 오랫동안 떠나지 못했다. —100일 글쓰기 참여자 유현, <해당화> 중에서

유현 씨는 글 중간에 그림을 자세히 묘사한 후, 마지막에 눈물을 흘린 이유를 유년의 기억으로 풀어냈다. 현재와 과거가 만나 서정적인 멋진 한 편의 글이 완성되었다. 매일 글쓰기에서 글감은 100일 고지를 밟기 위해 반드시 필요한 동력이다. 일상에서 접하는 소재를 글감으로 만들기 위해 다음 4가지 조항을 실천해보자.

1. 메모하고 기록하자. (소재 수집)
2. 대화하고 토론하자. (생각의 변천)
3. 자료 조사로 글감을 발전시키자. (글감 확장)
4. 과거의 경험이나 추억을 떠올려보자. (기억 연계)

어떻게 쓸 것인가

일상에서 접하는 소재를 글감으로 전환시키는 방법을 살펴보았다. 그렇게 모은 귀중한 글감을 사장시키지 않고 살릴 수 있는 방법은 무엇일까? 글의 내용과 글 쓰는 태도의 관점에서 살펴보자.

100일 글쓰기 첫날 항상 강조하는 것이 있다. 100일 동안 어떤 글을 쓸 것인지 전체적인 로드맵을 작성하는 것이다. 글감 창고가 아무리 넘쳐나도 어디에 어떻게 적용할지 모른다면 헛수고다. 글쓰기 습관에서 좀 더 나아가 실력까지 키우려면 계획이 필요하다. 여러 방법이 있겠지만 소재나 장르를 기준으로 세우면 훨씬 간편하다. 이 과정을 거치지 않으면 하루 행적을 기록한 일지나 그날 겪은 감정을 적는 단순 일기가 되기 쉽다. 물론 매일 쓰는 습관을 기른다는 측면에서는 약간의 도움이 되겠지만 글 쓰는 힘을 키우기에는 한계가 있다. 그러면 100일 동안 무엇을 쓸지 크게 두 가지로 나눠보자.

1. 정말로 쓰고 싶은 글
2. 스스로 써야만 하는 글

먼저 자신이 정말로 쓰고 싶은 글이 무엇인지 생각해보자. 지금까지 다닌 여행에 의미를 부여해서 나만의 여행기를 쓰고 싶을 수도 있고, 삶을 회고하는 자서전을 기획할 수도 있다. 영화를 좋아하는 사람이라면 간단한 영화 리뷰를 정리하고 싶기도 하다. 소설을 쓰려고 100일 글쓰기를 시작했다면 습작한 글을 꾸준히 써서 카페에 올려도 된다. 글쓰기는 내 안에 맺힌 것을 밖으로 표출하는 몸짓이다. 속에 담고 있기엔 너무 벅차 분출하지 않고는 참기 힘든 것을 꺼내는 작업이다. 어느 회원은 부모와의 갈등을 글로 풀며 치유하기도 했다. 마음속 깊숙한 곳에 웅크리고 있는 글감의 아우성에 귀기울여보자. 그것을 잡아 쓰면 된다.

하지만 앞에서도 말했듯이 넘쳐나듯 보이는 글감도 어느새 손가락 사이로 흘러내리는 모래처럼 소진되고 만다. 글감의 양, 밀도가 100일을 채우기에는 생각보다 견고하지 못하다. 매일 충당할

요일별 글쓰기 예시

요일	형식	비고
월	자유 글쓰기	형식, 내용에 상관없이 마음껏 쓰자.
화	요약하기	책의 일부분을 요약하거나 영화, 드라마 줄거리를 써보는 것도 좋다.
수	자유 글쓰기	형식, 내용에 상관없이 마음껏 쓰자.
목	필사 + 작문	필사한 부분을 적용하여 작문까지 해보자.
금	자유 글쓰기	형식, 내용에 상관없이 마음껏 쓰자.
토	리뷰 쓰기	강연이나 공연, 전시 등을 본 느낌을 기록하자. 여행을 갔다 왔다면 장소, 이동 경로 등을 중심으로 시작해보자.
일	칼럼 요약 +단상	마음에 드는 칼럼을 읽고 요약하자. 짧은 감상도 쓰면 좋다.

수 있는 글감이라면, 이미 글쓰기 습관이 갖춰졌다면 100일 글쓰기를 시작할 필요가 있었겠는가. 이때 스스로 써야만 하는 글을 계획해놓으면 매우 도움이 된다. 위의 표는 요일별 글쓰기 계획을 정리한 예다. 쓰고 싶은 글을 중심으로 요일마다 적당한 간격으로 써야만 하는 글을 배치하자.

접근하기 쉬운 유형 중 하나가 요약하기다. 요약은 텍스트나 매체 등의 핵심을 추려서 논리적으로 압축하는 작업이라 볼 수 있다. 책을 읽은 부분까지 요약하거나 영화 줄거리를 적어도 좋다. 좋아하는 드라마의 그날 시청 분을 정리해보는 것도 괜찮다. 요약은 핵심을 파악하는 능력을 길러준다. 요약을 염두에 두고 책이나 영화를 보면 전체를 볼 수 있는 힘이 생긴다.

책이나 영화가 접근하기 쉬운 매체라면 칼럼은 흥미를 갖지 않는 사람에겐 지루하고 무미건조한 글일 수 있다. 단순히 100일 글을 채우기 위해서가 아니라 글쓰기 힘을 키우려면 칼럼 요약에 도전해보자. 좋은 칼럼을 읽고 요약까지 마친 후 여유가 된다면 단상도 써서 포함해주면 좋다.

필사 역시 꾸준히 하면 글쓰기에 큰 도움을 준다. 주로 책이나 신문 등을 읽고 마음에 드는 문장을 필사하자. 필사는 단순한 발췌나 베껴 쓰기가 아닌, 문장을 분석하고 글의 흐름을 파악하는 작업이다. 좋은 글이 어떤 단어의 조합이나 표현 등으로 이루어져 있는지 살펴볼 수 있는 기회다. 필사를 한 후엔 그 부분을 변형하여 작문을 해보자. 필사의 훨씬 색다른 맛을 느낄 수 있다. 좀 더 관심이 있다면 필사 전문 강의나 책을 참고해도 좋다.

100일 글쓰기에 어느 정도 적응되었다면 리뷰(후기) 쓰기에 도전해보는 것도 좋다. 리뷰의 대상은 책이나 영화가 될 수도, 강연이나 여행이 될 수 있다. 메모가 파편적인 생각을 급하게 채집하는 행위라면, 리뷰는 몸과 마음이 움직인 자취를 정리하고 되새기는 활동이다. 사고를 키우는 효과는 덤으로 따라온다. 책이나 영화, 드라마 등의 줄거리를 요약하는 것에 그치지 않고 나만의 생각, 느낌 등을 서술해보자. 리뷰는 기록과 동시에 의미를 부여해주는 작업이다. 전시나 여행 같은 거창한 사건이 아니라도 리뷰를 남길 수 있다. 송년회 후기도 좋고, 심지어는 직장 회식도 리뷰감이 될 수 있다.

요약하기나 필사하기, 리뷰 쓰기 등은 글감의 빅뱅을 안겨주는 소재다. 하지만 이것을 계획대로 실천하기는 생각보다 쉽지 않다. 이런 글을 쓰기 위해서는 책이나 영화를 보는 것처럼 정적인 활동은 물론 심지어 회식 자리에라도 끼여 몸을 움직여야 한다. 글을 쓰려면, 지식이나 정보, 사건과 같은 입력 과정이 필요하기 때문이다.

직장인인 경우 하루가 거의 저물어야 글을 쓸 여유가 겨우 생길 수도 있다. 주말에 영화를 골라 한 편 보지만 그것을 정리하기도 전에 달콤한 일요일은 지나가고 만다. 다시 치열한 월요일이 시작되면 이미 영화의 감동은 증발되고 난 지 오래다. 그러다 보면 연명의 글쓰기를 하기 십상이다. 그날 일과나 느낌, 생각 등을 겨우 적게 된다. 마른 수건을 짜내듯 하루하루 쓰다 도저히 더 이상 물 한 방울 나오지 않는 순간이 오면 글쓰기를 멈춘다. 하루를 빼먹고 일주일을 쓰지 않다 보면 자신도 모르게 '절필'하는 웃지 못할 사태가 온다. 그런 자신의 모습에 자괴감을 느끼다 결국은 포기하게 된다. 어떻게 하면 악순환의 고리를 끊을 수 있을까?

시간은 고정을, 공간은 변화를, 그리고 악착같이

글쓰기를 100일 동안 유지하려면, 글쓰기에 최적화된 생활 방식을 구축해야 한다. 우선, 글 쓰는 때와 시간 그리고 장소를 확보하는 것이 중요하다. 자신의 하루 사이클을 면밀히 살펴본 후 그날 글을 쓸 수 있는 가장 알맞은 때를 정하자. 보통 개인의 일과에 따라 아침이 편할 수도 또는 밤에 더 집중이 잘될 수도 있다. 점심시간이나 퇴근하기 바로 직전처럼 짧은 찰나를 이용해 순간 몰입을 극대화시켜 쓰는 경우도 있다. 새벽에 맑은 정신으로 차분히 글을 시작해도 좋다.

기억해야 할 것은 100일 시작 후 적어도 보름 이내에 글쓰기 때를 '고정'시켜야 한다는 점이다. 하루 중 그때가 되면 모든 일을 제

쳐두고 글쓰기에 착수하자. 만약 그렇지 못하면 100일 내내 그야말로 마감 시간인 자정이 가까이 돼서야 글을 시작하게 되고 영혼 없는 글쓰기로 100일을 보내게 된다. 보름 안에 자신에게 적합한 시간이 언제인지 파악해야 한다.

글 쓰는 때를 정했다면, '글쓰기 시간'을 결정하자. 여기서 글쓰기 시간은 글을 시작해서 마무리 짓는 데 걸리는 시간을 말한다. 글의 분량과 종류, 글감 여부에 따라 다르겠지만, 100일 글은 약 30분 정도면 완성할 수 있다. 물론 처음에는 그 이상이 넘게 걸려도 완성하지 못하는 경우가 많다. 하지만 확실한 것은 글쓰기 시간을 점점 줄여나갈 수 있다는 점이다. 기간별로 글쓰기 시간을 구체적으로 설정해놓는다면 좀 더 유연하게 활용 가능하다.

이처럼 주어진 시간 안에 한 편의 글을 쓰는 훈련은 꽤 효과가 있다. 실제로 수업에서 현장 글쓰기를 실시하면 놀랄 만한 결과가 나오곤 한다. 집에서 시간을 정해두지 않고 쓸 때 도저히 나올 수 없는 분량을 쏟아내는 경우가 많다. 목표가 생기면 그것을 이루려는 의지가 생기기 때문이다. 글은 시간적 여유가 넉넉할 때 쓸 수 있다는 생각을 버리자. 자신에게 약간의 긴장감과 긍정적인 스트레스를 줄 수 있는 글쓰기 시간을 정하는 게 필요하다.

때와 시간이 정해지면 공간도 따라오게 된다고 대개 생각한다.

하지만 100일 글쓰기를 하는 동안에는 좀 더 적극적인 공간 사냥을 하면 좋다. 사냥이라는 표현을 쓴 것은 단순히 주어진 공간에만 머물지 않고 직접 탐색하는 것이 필요해서다. 공간은 글쓰기 영감에 꽤 영향을 미친다. 주어진 자료를 단순 정리하거나 이미 쓴 글을 다듬는 경우처럼 높은 집중력을 요하지 않을 때는 어디서든 비교적 쉽게 할 수 있다. 하지만 색다른 장소나 사뭇 다른 분위기를 주는 곳은 글쓰기에 적합한 마음의 안정을 준다.

그렇다면 어디서 쓰면 좋을까?

오래전에 한 팟캐스트에 은희경 소설가가 출연한 적이 있다. 그는 주로 카페에서 글을 쓴다고 한다. 노트북을 들고 모자를 푹 쓴 채 자리를 잡고 집필한다. 소설가이니 북카페를 더 좋아하지 않느냐는 사회자의 질문에 오히려 그는 오히려 대형 카페를 선호한다고 말했다. 대개 소규모인 북카페보다는 사람들이 꽉 찬 넓은 공간에서 글이 더 잘 써진다고 했다. 아마도 웅성거리는 백색소음이 심신의 안정을 준 것은 아닐까? 수많은 대화와 잡담이 오고가는 테이블 사이로 홀로 글쓰기에 전념하는 자신을 떠올려보자. 아메리카노를 한 모금 입에 머금고 노트북 화면을 응시한다. 갑자기 무언가 머릿속을 스치고 그 자취를 잡으려 타이핑을 한다. 하얀 화면에 조립되어가는 생각의 현신. 카페는 100일 글을 불러일으키는 근사한 장소다.

스터디 룸도 글쓰기에 도움을 준다. 주로 예약제로 운영되기에 글 쓰는 시간을 미리 확보할 수 있다. 주말처럼 시간의 여유가 있는 날에 활용해보면 좋다. 집에서 쓸 때는, 가능하다면 100일 글쓰기 책상을 마련해두자. 공간 배치는 생각보다 꽤 정신을 무장시킨다. 예전 고은 시인은 자택 작업실에 책상 여러 개를 놓고 서로 다른 작품을 썼다고 한다. 장소는 다짐과 의지를 일깨운다. 자신에게 맞는 글쓰기 공간을 발굴하자.

공간에 변화를 주면 더욱 좋다. 익숙해서 편한 곳보다는 다양한 정서를 줄 수 있는 장소를 물색해보자. 새로운 공간은 글쓰기 샘을 자극하기도 한다. 나는 처음 간 카페에서 우연히 옆 테이블의 대화를 엿듣고 글감을 건지기도 했다. 공간 순례는 글쓰기 훈련이기도 하다. 낯선 곳에서 글 쓰는 것에 빠르게 적응하면, 어디서든 글을 쓸 수 있게 된다. 집중할 수 있는, 마음이 편한 곳이라야 글을 잘 쓸 수 있을 거라는 생각을 버리자. 공간 훈련은 주위와 환경을 무력화시키는 데 도움을 준다.

어떤 분은 이런 질문을 했다. "글 쓸 수 있는 시간과 공간을 확보해도 글을 시작하는 게 막막해요. 글감이 있어도 정리할 시간이 필요한데 어렵네요." 여기엔 자투리 시간이 답이다.

정연수 씨는 마감을 지키기 위해서 회식 중에 잠깐 자리를 비우고 근처 피씨방에 들어가 글을 썼다. 전윤희 씨는 고갈비 집에서 회식 중에 자정이 가까워오자 그 자리에서 핸드폰으로 글을 써서 올렸다. 신종연 씨는 마감을 지키기 위해 귀가 도중 편의점에 가서 자리를 잡고 노트북으로 글을 쓰기도 했다. 유행열 씨는 불가피한 상황에 "붓으로 쓰면 붓에 맞는 생각이 날 것이고 컴퓨터를 사용하면 컴퓨터에 맞는 사고를 하게 될 것입니다"라며 버스 안에서 핸드폰으로 글 쓰는 안타까운 심정을 적기도 했다.

많은 분들이 악착같이 글을 쓴 예는 수없이 많다. 어쩌면 100일 글쓰기는 시간을 쪼개고 쪼개는 훈련일지 모른다. 이런 연습은 생활을 밀도 높게 만들어준다. 이진성 씨는 시간을 굉장히 아껴 쓰게 되었다고 말한다. "전에는 퇴근 후 회사 일을 집에 가져와 한다든가, 가족들과 쉬었는데, 글을 쓰기 시작하면서 글을 써야 한다는 생각이 하루 종일 따라다녀요." 촘촘한 일과는 의외로 단순한 삶을 만들어내기도 한다. 글쓰기 전과 글 올리고 난 후로.

기도하기 전의 삶이 혼잡스러웠다면 지금은 훨씬 단순해져 간결한 맛이 있다. 마치 된장국에 김치만 놓고 밥을 먹어도 각각의 맛이 고스란히 느껴지는 기쁨이랄까. 100일 글쓰기가 오늘로 예순여덟 번째 날이라니 좋아서 춤이라도 추고 싶다. 두 달 남짓한 시간 동안 몸과 의식에 스며든 좋은 습관. 다르게 읽어보고 다르게 써보고 다르게 생각해볼 수 있어 좋았다. 하루가 아주 단순하게 분할된다. 글쓰기 전과 글 올리고 난 후로. 오, 100일 글쓰기는 심플 라이프. —100일 글쓰기 참여자 윤효원

글쓰기를 위한 토론

매일 글쓰기는 시작의 두려움을 해소시켜주고 지속의 허약함을 보강해준다. 백지를 바라보며 느끼던 막막함도 날마다 도전하면 조금씩 자신감을 얻게 된다. 어제도 쓰고 오늘도 쓰다 보면 어느새 매일 쓰는 자신을 발견할 수 있다. 하지만 100일 글쓰기에 장점만 있는 것처럼 보이지 않는다고 말하는 사람도 있다.

날마다 닥치는 마감을 간신히 지키다 보면, 다듬고 고칠 부분이 뻔히 보이는 글을 올리게 된다. 마음에 들지 않아도 그날 글쓰기를 마치기 위해 어쩔 수 없는 일이지만, 다음날도 이런 일이 반복될 수 있다. 앞에서 언급한 일정 계획을 짜더라도 하루 때우기식 글쓰기는 사유 없는 글쓰기가 돼버리기 쉽다. 그렇다고 농익은 글감을 만들기 위해 며칠 동안 글쓰기를 쉬면 100일 글쓰기 취지가 무색해진다. 마라톤에서 중간에 힘이 든다며 걷게 된다면 다시 뛰기 어려운 것과 같다. 좋은 방법이 없을까?

책이나 영화, 또는 한 가지 주제를 놓고 토론하면 생각의 확장이 일어나는 것을 알 수 있다. 토론은 원숙한 글감을 구워내는 오븐기와 같다. 가령, 독서토론을 하면 혼자서 책을 읽으며 느꼈던 감정을 함께 공유할 수 있다.

빅토르 위고의 『레 미제라블』에서 장발장은 신분세탁 후 범죄자의 정체를 숨긴 채 마들렌 시장으로 살아간다. 어느 날 멀리 떨어진 마을에서 장발장이라는 인물이 잡혔다는 소식을 듣게 된다. 죄 없는 사람이 범인으로 몰리게 되자 장발장은 괴로워한다. 결국 그는 자신이 장발장임을 밝히기 위해 그 먼 거리를 달려간다. 이 장면을 읽다 보면, '나는 과연 장발장처럼 할 수 있을까' 라는 의문이 든다. 하지만 다른 이들과 토론을 해보면 자신만이 그런 생각을 한 게 아니라는 사실을 알게 된다. 그리고 같은 의견을 말하는 사람을 보며 동질감을 느낀다. 내가 느낀 지점을 확인하는 쾌감과 위안을 얻게 되는 셈이다.

장발장을 집요하게 추적하는 자베르 경감이 형사로서 일에서만큼은 정직하고 강건하게 행동하는 모습을 보며 혼란을 느낄 수도 있다. 악당인지 원칙주의자인지 가늠이 안 된다. 독서토론을 하다 보면 이런 혼돈스러운 감정을 정리해주는 이가 나타나기도 한다. "자베르는 마들렌처럼 사유하지 않았어요. 마들렌은 끊임없이 갈등하고 고민해요. 장발장임을 밝혀야 할까 말까를요. 하지만 자베르는 어떤 정직인지, 무엇을 위한 공정함인지 자신에게 묻지 않아요. 최초에 세운 신념을 진리라 생각할 뿐이에요. 자신의 소신을 밀고 나간 동력이 왜곡된 것일지도 모르는데 그는 이걸 전혀 여지를 살피지 않아요." 함께 참여한 토론자에게서 내가 막연하게 생각했던 것을 구체적인 언어로 확인할 수 있다.

혼자 책을 읽으며 전혀 생각하지 못했던 의견을 듣게 될 수도 있다.

A : "미리엘은 착한 주교였지만 종교의 벽을 넘어서지는 못했어요. 사회의 요구에는 무심했어요. 이런 인물은 아마 우리 시대에도 있을지 몰라요. 부패와 타락에 물들지 않고 꿋꿋이 봉사와 낮은 자세를 취하지만 불평등한 세상의 근본을 뒤집어버릴 생각은 결코 하지는 못하는 이들이요."

B : "자기 자리에서 최선을 다하는 것도 소중하다고 생각해요. 누군가는 피 끓는 주의와 이념을 실천해야 하고 누군가는 그

것을 포용하고 넘어서는 뒷감당을 해야 하는 건 아닌지…"

이런 대화는 혼자서는 이루기 힘든 사고의 확장을 가져온다. 또, 미리 준비해서 독서토론에 참여하다 보면 자신의 감정이나 생각을 좀 더 정리해서 표현할 수 있다. 여기에서 오는 희열은 상당하다.

글쓰기를 위한 독서토론의 장점

1. 책 읽으며 느낀 감정을 함께 공유할 수 있다.
2. 막연한 느낌을 구체적인 언어로 확인할 수 있다.
2. 경청함으로써 사고의 확장을 가져올 수 있다.
3. 감정, 감동, 느낌, 생각 등을 정리해서 표현하는 희열을 경험할 수 있다.

토론이 끝나면 오븐기의 문을 살며시 열어보자. 거기에 놓인 갓 구워낸 따끈한 '생각의 빵'은 보다 심화되고 숙성된 글감이다. 출력을 위한 구체적인 입력이 구축된 순간이다. 이제 글감을 엮고 배열하여 글로 만드는 일만 남았다. 다음은 독서토론 후 글감을 정리하기 위한 포맷의 예다.

토론 후 글감 정리 예시

단계	내용	비고
1	키워드 뽑기	작품의 핵심을 세울 수 있다.
2	한 줄 서평 쓰기	작품의 성격을 규정할 수 있다.
3	줄거리 요약하기	필요한 부분만 간단하게 요약한다. 불필요한 것은 과감히 삭제한다.
4	느낀 점 쓰기	느낀 점을 항목화해서 단락별로 쓴다.

이처럼 토론은 하루하루 막아내는 연명의 글쓰기에서 탈피할 수 있는 계기를 준다. 100일 글쓰기 곰사람 프로젝트 수업에서는 오프라인 모임 시간에 약 30~40분 정도 간단하게 토론을 한다. 토론은 책뿐만 아니라 영화도 좋다. 어떤 분은 토론을 마친 그날 100일 글로 작품 감상문이나 토론 후기를 써서 카페에 올리기도 한다. 토론과 글쓰기가 겸비되었으니 완벽한 독후 활동이라 볼 수 있다. 토론에서 느낀 점을 토대로 독후감이나 서평 형식의 글을 과제로 제출하면 다음 오프라인 모임에서 첨삭을 해준다. 과제의 의무가 있으면 부담이 되기는 하지만 좀 더 완결된 글을 위해 정성을 다하게 되는 장점이 있다.

매일 퇴고를 할 필요는 없다

매일 글쓰기는 시작의 두려움을 해소시켜주고 지속의 허약함을 보강해준다. 글쓰기에 왕도가 있을 수는 없겠지만 수많은 글쓰기 전문가들의 공통된 의견은 있다. 글을 잘 쓰기 위해선 많은 글을 써봐야 한다는 것.

하루 한 편 이상 매일 글을 쓰다 보면 글쓰기 '감'이 서서히 자리 잡는 걸 느낄 것이다. 글을 시작하기 위해 노트북을 부여잡지만 하얀 모니터에 깜박이는 커서가 주는 막막함은 두려움을 넘어 공포감, 심지어는 글쓰기 혐오감으로 변할 때도 있다. 매일 글쓰기는 이런 무력감을 완화시켜준다. 글 쓰는 습관 외에 100일 글쓰기의 또 다른 효과다. 하지만 마감을 지키려고 급하게 쓰다 보니 거의 초고 수준의 글을 올릴 때가 많다.

시간이 지날수록 글쓰기 두려움은 조금씩 사라지는 것 같은데 글의 완성도는 만족스럽지 못한 경우가 생긴다. 글 쓰는 습관과 더불어 퇴고하지 않는 고약한 버릇도 함께 길러진다. 어떻게 하면 퇴고를 성실히 할 수 있을까? 퇴고하는 효과적인 방법은 없을까?

매일 글을 쓰면서 철저하게 퇴고하는 것은 현실적으로 무리다. 하루 온종일 글과 씨름한다면 모를까 엄연히 생업이나 학업과 병행하는 상황이라면 매일 퇴고는 과감히 내려놓는 것이 좋다. 그렇지 않으면 부담감을 가지게 되고 심한 경우는 퇴고하지 못하는 자신을 자책하게 된다.

우리가 100일 글쓰기를 하는 것은 이런 스트레스를 겪기 위해서가 아니다. 글 쓰는 즐거움으로 삶을 좀 더 윤택하게 하기 위함이다. 좀 더 극단적으로 말해서 100일의 목적이 글쓰기 습관을 키우기 위해서라면 퇴고는 포기해도 된다. 완결되고 수준 높은 글은 100일 이후 글쓰기 훈련으로 쟁취하겠다는 여유가 필요하다. 그렇지 않으면 퇴고는커녕 100일 완주도 힘들다.

나도 처음에는 100일 글쓰기 첫날에 퇴고의 중요성을 사람들에게 강조했다. 사실 퇴고는 글쓰기 본령의 시작이며 끝이라고 해도 과언이 아니다. 영화 〈흐르는 강물처럼〉에도 퇴고 훈련이 나온다. 아들 노먼이 아버지에게 글 쓰는 법을 배우게 되는데 고치고 또 고치는 과정을 겪는다.

> 예전에 본 영화 〈흐르는 강물처럼〉에서 주인공이 아버지에게 글을 쓰는 법을 배우는 장면이 기억났다. 아직 어린아이에게 글을 써오게 하고 첨삭을 해서 반으로 줄여오게 하고, 다시 첨삭하고 줄이고, 첨삭하고 줄이는 일을 반복한 뒤에 미련 없이 쓰레기통에 버리게 한다. 글을 퇴고하고 줄이는 과정이 글쓰기 훈련에 가장 중요하다는 뜻이다. —100일 글쓰기 참여자

우리에게 잘 알려진 작가들도 글 고치기의 중요성을 강조한다. 헤밍웨이는 매일 오전, 전날 쓴 부분을 다시 고쳐 쓰고 글을 이어 나갔다고 한다. 그가 『무기여 잘 있거라』의 마지막 쪽을 약 40번 정도 퇴고한 일화는 유명하다. 무라카미 하루키도 약 6개월 동안 초고를 쓴 후, 고쳐 쓰는 데 6~7개월을 투자한다고 한다. 하지만 우리는 어제 쓴 글을 고친 후 오늘 글을 새롭게 쓰는 헤밍웨이처럼 대가가 아니다. 하루키처럼 장편 작품을 쓰지도 않는다. 그렇다면 퇴고를 포기해야 할까?

자신을 압박하는 트레이닝은 100일 글쓰기에도 필요하다. 하

루 마감 채우기에 벅찬 나날이지만 완성도를 요구하는 글을 약 2주에 한 번씩 써보면 좋다. 그리고 오프라인 모임 때 전문가나 함께 글을 쓰는 사람이 첨삭이나 조언을 해주면 '글력'을 향상시키는 데 도움이 된다. 첨삭용 과제를 제출하기 위해서는 어느 정도의 퇴고가 불가피하다. 이런 패턴으로 하게 되면 100일 동안 약 7편의 글을 꼼꼼히 퇴고하게 된다. 첨삭을 받은 후엔 다시 퇴고하여 적절한 시점에 100일 글로 카페에 올리면 된다.

이는 마치 마라톤에서 인터벌 훈련을 하는 것과 같다. 전문 육상 선수가 아닌 펀런fun run(달리면서 즐기기)을 위한 마라톤 참가자들에게는 42.195km 거리를 완주하는 것이 꿈이다. 꾸준한 연습으로 꿈을 이루면 새로운 목표가 생기게 된다. 기록 단축을 하는 것. 하지만 그냥 달린다고 달성되지는 않는다. 심박훈련이 필요하다. 처음 200m를 자신이 낼 수 있는 최고 속도의 약 60~70%로 달린 후, 다음 200m를 90~110%의 빠르기로 전력질주, 마지막 200m를 숨고르기 수준으로 달리는 연습을 해야 한다. 여기에 그치지 않고 매일 근력 운동도 해야 1초라도 좀 더 빨리 들어올 수 있다.

매일 글을 쓰는 가운데, 완성도 있는 글을 쓴다는 것이 쉬운 일은 아니다. 이 점을 고려해서 나는 수업 시간에 첨삭용 과제를 의무로 부과하지는 않는다. 처음부터 시도하지 않는 사람도 많지만 마지막 오프라인 모임 때까지 그야말로 악착같이 제출하고 첨삭받은 후 다시 고쳐서 100일 글로 올리는 사람도 많다. 이들처럼 '글쓰기 인터벌 훈련'을 열심히 해내면 글쓰기 습관뿐 아니라 글쓰기 실력도 향상된다.

퇴고하는 방법

100일 글쓰기에 지치지 않으면서도 퇴고하는 효율적인 방법을 살펴보자.

우선, 전체적인 관점에서 접근하면 좋다. 글을 크게 한 덩어리로 보고 몇 가지 사항을 견주면 효과적이다. 글의 주제가 명확한지, 흐름이 자연스러운지, 적절한 제목인지, 문단과 문단이 유기적으로 연결되어 있는지, 글 구조에 짜임새가 있는지, 일관성 있게 글이 전개되고 있는지 등을 살핀다.

숲을 보았으니 그럼 이제 나무를 보자. 구체적인 부분은 문장에 주로 초점을 맞춘다. 같은 단어나 표현이 중복되어 있지 않은지, 불필요한 수식이 있는지, 문장은 간결한지, 주어 서술어 호응이 잘 이루어져 있는지, 문법적으로 비문이 아닌지, 모호하거나 추상적인 표현은 아닌지 등을 관찰한다.

전체적인 퇴고

1. 글의 주제가 명확한가
2. 글의 흐름이 자연스러운가
3. 제목이 적절한가
4. 문단이 유기적으로 연결되어 있는가
5. 글의 구조가 짜임새 있는가
6. 글의 논지에 일관성이 있는가

구체적인 퇴고

1. 문장이 간결한가
2. 중복되는 표현은 없는가
3. 주어와 서술어가 호응을 이루는가
4. 불필요한 수식어는 없는가
5. 모호한 표현은 없는가
6. 문법적으로 오류는 없는가

퇴고할 때 글 전체를 조망하고, 세부적으로 분석하면 흠잡을 게 없다. 하지만 문제는 100일 글쓰기에서 이럴 여유가 없다는 점이다. 그렇다면 몇 가지 퇴고 원칙을 세워보자.

선택적 퇴고 원칙

1. 초고를 쓴 후 소리 내어 한 번 읽어본다.

2. 어제 쓴 글을 오늘 고친다.

부담을 덜기 위해 두 가지만 제시해보았다. 하루 마감을 지키려다 보면 초고를 가까스로 쓰게 된다. 초고를 100일 글로 바로 '인정'하기보다는 잠시 틈을 주자. 방금 쓴 글을 소리 내어 한 번만 읽어보자. 어딘가 불편하고 어색한 리듬이 생기는 곳이 있다면, 그 부분이 고쳐야 할 지점이다. 이 원칙만 지켜도 훨씬 괜찮은 글을 생산할 수 있다. 이것이 어느 정도 적응되면 퇴고 항목을 한두 가지만 염두에 두고 낭독하면 더 좋다. 글의 일관성만을 주목해서 읽는다든지, 불필요한 수식이 있는지만 살피는 식이다. 퇴고할 사항을 모두 적용하려면 쉽게 지친다.

경우에 따라선 글을 고치는 과정에서 글쓰기 묘미를 느낄 수도 있다. 이럴 때 원칙 2를 실천해보자. 어제 쓴 글을 오늘 고쳐보자.

이미 쓴 글이므로 퇴고할 때 여유가 생긴다. 쓸 때는 보이지 않던 중복된 단어가 우수수 발견될 때 의외의 재미를 맛볼 수 있다. 내용을 더 첨가하고 싶은 생각이 떠오르면 덧붙여도 좋다.

이쯤 되면 딜레마가 생기기도 한다. 고쳤다고는 하지만 어제 쓴 글을 오늘 100일 글로 인정할 수 있을까라고. 새로운 글을 쓰는 것만큼 퇴고 과정에 심혈을 기울였다면 당당히 그날 글로 인정하자. 100일 글쓰기 곰사람 프로젝트는 습관을 키우는 과정이다. 첫날 한편의 글을 쓴 후 99번의 퇴고를 한다 해도 100일 글쓰기는 성공한 셈이다. 100번의 글 쓰는 노력을 기울였기에.

이러한 퇴고 방법은 자신의 글을 고칠 때나 다른 사람의 글을 첨삭할 때 큰 도움이 된다. 단, 다른 사람의 글을 첨삭할 때는 주의할 점이 있다. 첨삭해주는 사람과 받아들이는 사람의 기준이 많이 다르면 첨삭은 무용지물이 될 수 있다. 예를 들면 글 흐름이 자연스러운지를 판단할 때 저마다 기준이 다른 경우 서로 다른 품평을 내기도 한다. 문단이 유기적으로 연결되는지를 살펴볼 때도 마찬가지다. 어느 정도가 유기적인지 모호할 수가 있기 때문이다.

글이 평가 대상으로 바뀌고 첨삭이 글을 공격하는 모양새가 되면 좋은 취지에서 시작한 합평이 서로 얼굴을 붉히게 만들 수 있다. 밤을 새서 여러 번 퇴고를 거치며 최선을 다해 쓴 글이 다른 이에게 처참히 무너지는 상황은 생각만 해도 끔찍하다. 웬만한 강심장이 아니고서야 기분이 좋을 리 없다. 더군다나 첨삭을 도저히 받아들일 수 없을 때는 더욱 그렇다.

하지만 자신에게는 엄격해도 좋다. 의도한 대로 잘 썼는지, 부족한 점이 있는지, 좀 더 괜찮은 표현은 없는지 등을 곰곰이 생각해보면 글쓰기 실력 향상에 도움이 된다. 마지막으로 퇴고 노하우 하나. 그날 글을 쓰는데 급급해 즉시 퇴고하거나 어제 쓴 글을 살펴보는 것이 힘들다면, 일주일 동안 쓴 글들을 평가하는 글을 당일 100일 글로 써보자. 글을 하나씩 살펴보아도 좋고, 여러 편에 대한 총평도 괜찮다. 이를 통해 자신이 어떤 글을 어떻게 썼는지 점검할 수 있다. 이때 그 다음 주에 대한 계획을 살짝 덧붙이면 멋진 리뷰와 계획 글이 완성된다.

4장

100일 글력 키우기

글쓰기의 두려움을 대면하라

글쓰기는 접근이 비교적 쉽다. 특별한 자격이 있는 것도 아니고 쓸 수 있는 여건이 따로 정해진 것도 아니다. 더구나 남이 쓴 글을 읽을 기회가 넘쳐나기 때문에 독학도 가능하다. 마음만 먹으면 언제 어디서나 쓸 수 있다. 비용도 들지 않을 뿐더러, SNS나 블로그처럼 글을 쓰기에 적합한 플랫폼이 발달되어 있어 쉽게 시작할 수 있다. 그런데 왜 많은 사람들이 글쓰기에 어려움을 느낄까?

우선 글쓰기에 대한 환상을 들 수 있다. 글쓰기에 어려움을 호소하는 사람들을 살펴보면, 직접 글을 써본 경험이 적다는 공통점이 있다. 무엇인가 쓰고 싶지만 생각에만 머물 뿐, 글을 쓰지는 않는다. 다음은 100일 글쓰기에 참여자가 쓴 '글쓰기 각오 글' 중에서 발췌한 부분이다.

글에 대한 두려움을 없애고 싶다. 이 글을 써내려 가는 동안에도 수없이 딜리트delete 키를 누르며 한 문장을 겨우 완성시키면서 내가 과연 무엇을 위해 글쓰기를 배우려 하는가를 되새기게 된다.

글을 쓰는 것은 누군가에게 자신을 보여주는 일이라 그것이 한없이 부끄럽다는 글을 읽은적이 있다. 나는 누군가에게 나를 알리는 것이 쑥스럽고 창피하게 느껴진다. 그것이 글쓰기가 두려운 이유인 것 같다.

습관처럼 하게 되면 언젠가는 나도 글을 잘 쓰는 사람이 될 것만 같다. 초등학교 때 일기조차 개학 전날 몰아 쓰던 나지만 매번 일기장을 사며 글쓰기에 대한 의지는 잃지 않았었다. 지금은 그것조차 하지 않지만 도움을 받게 된다면 나도 매일 나를 되돌아볼 기록을 가질 수 있을 거고 그것이 나를 더 잘 알게 해줄 거 같다. —100일 글쓰기 참여자 문수영

글을 쓰고 싶다는 생각만으론 잘 쓸 수 없다. 생각의 파편을 문자화하는 건 쉬운 일이 아니다. 여기저기 흩어져 둥둥 떠다니는 느

낌을 잡아서 하나하나 순서를 부여하는 것이 글쓰기다. 생각을 정렬시키에 것은 적응되지 않으면 어려운 작업이다. 글쓰기에 직면한 순간부터 백지에 대한 두려움을 갖게 되는 것은 당연하다.

노트북 화면에 깜빡거리는 커서의 공포에서 벗어나려면 어떻게 해야 할까? 글쓰기 열망에서 그치지 않고 그것을 발현시켜야 한다. 시작이 반이라는 속담은 결코 틀린 말이 아니다. 착수하면 길이 보인다. 어쩌면 100일 글쓰기 시작은 늦은 밤 자동차에 올라타 전조등을 켜는 순간일지 모른다. 어둡던 길이 환해지면 시동을 걸고 싶은 용기가 생긴다.

지금 난 달리기 시작점에 선 느낌이다. 심장이 두근두근하고 손에 식은땀이 나지만 생기가 돈다. 단어 하나하나 선택하면서 과연 내가 100일을 잘 견뎌낼 수 있을까 하는 생각도 든다. 매일 써야 되고 누군가에게 내 글을 보여줘야 하는 부담감에 포기하고 싶을 때도 있을 거란 거 안다. 그럴 때마다 이렇게 생각했으면 한다.

'잘할 필요는 없어. 너는 잘 못하기 때문에 배우고 있는 거잖아. 엉망인 글이면 어때 매일매일 잘할 수 없듯이 매일매일 엉망인 글도 아니잖아? 꾸준히 쓴다는 게 중요한 거고 100번 중에

10번이라도 좋은 글을 썼다면 넌 성공한 거야. 그리고 엉망인 글도 언젠가는 도움이 될 거야. 글을 쓰다 힘들면 숨 한번 길게 내쉬고 좋아하는 노래를 들으면서 다시 시작해보자.' —100일 글쓰기 참여자 김태곤

100일 글쓰기에 노크한 순간, 참여자들은 마음을 다잡을 뿐 아니라 자신이 쓰고 싶은 글, 글 쓰는 자세까지도 생각하게 된다. 100일 동안 채워지는 백지를 보며 글쓰기 자신감을 얻게 되지 않을까.

또 다른 글쓰기 어려움을 살펴보자. 1000편이 넘는 단편 소설을 포함 50편 이상의 장편, 시, 희곡, 비평 등 문학 전 범위에 걸쳐 왕성한 활동을 펼치는 조이스 캐롤 오츠는 에세이집 『작가의 신념』(은행나무, 2014)에서 글쓰기를 다음 한 문장으로 표현한다.

"글쓰기는 가장 외로운 예술이다."

글쓰기는 왜 가장 외로운 작업인가? 이것은 그녀의 에세이 「실패의 기록」에서 엿볼 수 있다. 오츠는 작가가 구축하려는 작품이 실은 '자기 자신'을 옮기는 작업이라 표현한다. 위태로운 달걀 피

라미드를 잔뜩 머리에 이고 비틀비틀 걸어가는 사람을 상상해보라. 달걀 하나하나는 작가의 세계가 담긴 '자신'과도 같다. 오츠는 이를 두고 예술가는 남몰래 실패를 사랑하고 있는 것이 아니냐고 질문하기도 한다. 마치 작가의 숙명을 다룬 듯한 표현이다. 커다란 바위를 산꼭대기로 밀어 올리는 시지프스가 중력의 천형을 담담히 받아들이듯 작가는 "모든 것이 실패하리라는 영구적인 느낌에 중독"됨에도 자신을 극단으로 밀어붙인다.

전문 작가만 외로운 것이 아니다. 일상을 기록하고 생각을 표현하고 싶은 평범한 우리들도 마찬가지다. 실패를 예견하고 대면하는 '거창함'까지는 아니더라도 글을 쓰며 느끼는 고독감은 글쓰기를 절망으로 몰아넣기도 한다. 홍순구 씨는 이런 글쓰기의 외로움을 잘 알고 있었다. 그는 100일 출사표에서 나태에 패배할 수 있는 열정을 다시 살리기 위해 자발적인 '구속'을 택했다.

> 기존의 익숙하고 편안한 환경에서는 글쓰기 열정만으로 나태한 나를 변화시킬 수 없다. 100일간 매일 글쓰기하면서 포기하고 싶은 마음도 들 것이다. 그러기에 나는 나와 선생님과 친구들에게 약속을 던져놓는다. 100일간의 장정을 하루하루 버티며 완수하자. 앞으로 선생님의 날카로운 지적과 충고, 그리고 같은

길을 걷는 친구들과 함께 의미 있는 100일을 채울 수 있기를 소망한다. —100일 글쓰기 참여자 홍순구

혼자 가는 것이 외롭다면 함께 글을 쓸 동료를 찾아보는 것이 좋다. 수업을 듣는 것도 하나의 방법이다. 김진주 씨는 〈100일 글쓰기 수업〉 첫 시간에 "각자 조금씩 다른 기대를 안고 수업에 모였을 테고 같은 수업을 들으면서도 우리는 다른 그림을 그려갈 것이다. 그러다가 조금씩 마음이 포개지는 때가 오겠지. 그 교집합을 알고 싶다"고 말했다.

내적인 외로움은 오롯이 자신의 몫이다. 하지만 서로가 만날 때 의욕은 고취되고 열망은 상승된다. 외롭던 글쓰기는 함께할 때 자신감 있게 꿈을 실현하는 도구가 된다. 동료가 견고한 지원군이 되므로.

즐겨라, 글쓰기는 권리다

필요하기 때문에 쓰는 글은 의무에 가깝다. 회사에서 요구하는 보고서나 의도하지 않은 업무 과실로 경위서를 쓰는 일은 고역이다. 학교 수업 과제로 제출해야만 하는 리포트나 독후감을 기쁜 마음으로 쓰기란 쉽지 않다. 쓰고 싶은 글이 아니라 써야만 하는 글을 두고 즐기라 말하는 건 난센스다.

반면 회사에서 전혀 예상하지 못한 핵폭탄을 맞은 후 집에 와 주체할 수 없는 울분을 일기장에 쏟아내면 갑갑했던 마음이 그렇게 시원해질 수가 없다. 옆자리에 앉은 월급루팡(회사에서 하는 일 없이 월급만 축내는 직원)이 근무시간 내내 잠을 자도 상위 고과를 독식하는 모습을 보며 씁쓸한 마음을 몇 자 적다 보면 기분이 좀 누그러진다. 남편과 대판 싸우고 나서 있는 흉, 없는 흉을 노트북에 쏟아붓다 보면 마음이 풀리기도 한다.

글쓰기가 가슴이 턱 막힌 상황을 이처럼 시원하게 뚫어주는 이유는 무엇일까?

이런 사이다 효과는 물아일체에서 온다. 대상에 완전히 몰입해서 쓰는 글은 짜릿함을 준다. 내가 글을 쓰는 것이 아니라 글이 나를 다룬다. 글이 리드하는 대로 신명나게 한바탕 춤을 추다 보면 울분도 씁쓸함도 흉도 사그라진다.

글쓰기는 어떻게 물아일체의 경지까지 갈 수 있도록 하는 걸까? 그것은 표현의 권리를 행사했기 때문이다. 큰 프로젝트를 수행하느라 지친 몸으로 그 힘들고 복잡했던 과정을 다시 복기하며 정리하는 보고서를 쓸 땐 표현하고 싶은 욕구가 생기기 힘들다. 이때 필요한 건 표현이 아니라 쉼이다. 하지만 상사에게 얼토당토 않는 질책을 받은 후엔 표현하지 않으면 미칠 것 같은 울분이 차오른다. 마음 깊은 곳에서 꿈틀대며 폭발하려는 욕구를 당당히 표현하는 것은 '권리'다.

안타까운 것은 많은 이들이 이런 권리를 누리지 못하고 있다는 점이다. 혹시 의무감을 채우느라 하기 싫은 일을 억지로 하며 살아오지는 않았을까? 그것이 먹고살기에 어쩔 수 없는 일이라면 용서

해야 마땅하다. 하지만 우리가 당연히 요구해야 하는 일을 하지 않고 살아왔다면 용서할 수 있을까? 더구나 표현의 권리를 아예 몰랐다면!

50일이 지난 지금, 글쓰기는 이제 나 자신의 일이 되었다. '작가가 아니어도 글을 쓸 수 있다'는 아주 쉬운 명제를 그동안 모른 체 하며 살았다. 그것은 마치 '인권'을 행사하려면 인간의 의무와 책임을 다한 후에야 요구할 수 있을 것 같다고 생각하는 것과 같은 사고방식이다. 인권이란 의무와 책임을 다하지 않은 도둑이나 살인자라 할지라도 인간이면 누구나 보장받는 권리다. 교도소와 정신병원에 인권이 없다면 그곳은 지옥이 될 것이다.

마찬가지로 작가가 아니어도, 글을 못 쓰더라도, 글을 쓰는 환경이 주어지지 못했다 하더라도 글을 쓰고자 하는 욕구는 무시되어서는 안 된다. 100일 글쓰기의 미덕이 여기에 있다. 글을 쓰는 것이 목적일 뿐, 어떤 내용의 글인지, 잘 쓴 글인지 아닌지 묻지 않는다. 그저 매일매일 숨을 쉬듯 글을 쓰고, 이 행위 자체가 행복이 된다. —100일 글쓰기 참여자 이상림

이상림 씨는 누구나 다 알지만 실제로 마음 깊이 깨닫지 못하는

'글을 쓸 권리'를 발견했다. 자신에게 글을 쓸 자격이 있다는 사실을 각성하기까지 단 50일이 걸렸다. 행위의 주체가 될 수 있다는 자각은 그녀 말대로 행복을 가져다준다. 권리를 마음껏 즐기는 생활은 내 삶을 오롯이 지배하는 것과 같다. 50일의 투자로 이처럼 굉장한 삶의 철학을 느낄 수 있다면 한번 도전해보자. 즐기라, 글쓰기는 권리다!

방심은 금물, 버리고 버리고 또 버려라

권리를 이행하는 것은 만족감을 준다. 인간에게 부여된 글쓰기 권리를 깨닫게 되면 글이 주는 묘미에 빠지게 된다. 페이스북에 마치 시인처럼 아포리즘 비슷한 문구를 쓴 후, '좋아요' 횟수가 증가하는 것을 보면 꽤 감미롭다. 맛집 투어를 블로그에 올렸을 뿐인데 댓글이 우르르 달리면 어깨가 으쓱해지기도 한다. 이런 소소한 기쁨은 100일 글쓰기의 큰 동력이 된다.

내가 쓴 글에 관심을 가져주다니 얼마나 감사한 일인가. 주변의 칭찬에 보답하듯 쓰다 보면 글 분량도 늘어나게 되어 스스로가 대견해지기도 한다. 하지만 생산량이 증가한다고 해서 품질이 보장되는 것은 아니다. SNS에 올라온 글들을 살펴보면 쉽게 쓴 느낌을 받기도 한다. 그때그때 감흥을 즉흥적으로 기록하거나, 좋은 내용을 담았지만 너무 식상해 울림을 주지 못하는 경우인데, 고심한 흔적이 보이지 않아 읽어도 기억에 남지 않는다.

물론 글은 쉽게 쓰는 것이 좋다. 그래야 가독성이 있어 독자에게 쉽게 다가갈 수 있다. 하지만 '고민' 없이 쓴 글은 감동을 주지 못한다. 언제 어디서나 쓸 수 있지만, 그만큼 성긴 글이 되기 쉽다. 글쓰기 권리를 누리는 동시에 촘촘하고 치밀한 글을 써야 하는 의무를 가져보는 것은 어떨까?

몰입과 동시에 긴장하고 쓴 글은 예리한 맛이 난다. 쉽게 글을 시작하는 것도 좋지만 어떻게 쓸까를 궁리하면 밋밋하지 않고 날선 느낌을 줄 수 있다. 느낌 있는 글을 쓰는 몇 가지 방법을 알아보자.

우선, 시작이 명료해야 한다. 작가 박민규 씨는 종을 울린 후에 글을 쓴다고 한다. 좋은 글쓰기 모드로 진입하기 위해 청각의 경계선을 설정해준다. 아무것도 바뀐 것이 없어 보이지만, 종이 울리기 전과 후의 공간은 분명 다른 세계다. 자신은 물론 생성되는 글에게도 '지금부터는 글 쓰는 시간이야'라고 선언하는 의미가 있다. 주위를 환기시키는 방법인데 한번 적용해보는 것도 좋을 듯싶다.

평소에 기억에 남는 에피소드, 특이한 느낌을 주는 경험 등을 메모해보자. 그런데 메모는 하더라도 정작 글을 쓸 때는 활용하지 않을 때가 많다. 쌓인 메모를 뒤져보는 것도 귀찮고, 그것을 글로 연결시키는 것이 막막하기도 하다. 그날 마감이 얼마 안 남아 급하게 쓸 때는 더욱 그렇다. 빨리 마치고 싶은 마음에 '생각나는 대로' 글을 쓴다. 하지만 조금만 긴장하는 수고를 감수한다면 훨씬 수준 높은 글을 만들어낼 수 있다. 평범한 진술이지만 구체적인 예시가 들어가면 빼어난 글이 된다. 같은 에피소드라도 보는 시각을 바꿔서 신선한 주제를 건져낼 수도 있다.

글을 쓸 땐 항상 인터넷 사전을 사용하자. 문장을 쓸 때도 머리에 떠오르는 단어를 가감 없이 사용하기보다 같은 뜻을 지닌 다른 낱말을 찾아 쓰면 좋다. 사전 찾는 시간이 거추장스럽다면 퇴고할 때 적용하면 된다. 초고를 쓰는 스타일은 저마다 다르다. 한 번에 거침없이 써내려가는 사람이 있는 반면, 돌다리 두드리듯 하나하나 문장을 골라내며 쓰는 이도 있다. 자신에 맞는 방법을 사용하되 어느 경우든 중복된 어휘가 있는지 확인하는 절차가 필요하다. 여기에 투자한 시간만큼 글에 세련미가 깃든다.

100일을 지내면서 글쓰기 권리를 발견하는 시점이 생긴다면 이처럼 의무를 부과해보자. 벼리고 벼리고 또 벼리자. 공들인 글은 쓴 사람에게 뿌듯함을 준다. 근사한 글을 읽은 독자에게 기쁨을 주는 것은 물론이다.

당신은 왜 쓰는가

100일 글쓰기를 시작한 지 중후반쯤 되면 기계적으로 글을 쓰는 자신을 발견하게 되는 경우가 많다. 글을 척척 생산해낸다는 말이 아니라 문제의식 없이 하루 면피용 글로 그날을 채운다는 의미다. 새롭고 떨리는 설렘은 온데간데없이 사라지고 어느새 기록표에 동그라미를 그리는 것이 목표가 돼버린다. 물론 쓰지 않고 건너뛰는 것보다야 좋겠지만 아무런 자각 없이 남은 일수를 메꿔나가면 애초에 의도하지 않은 고통을 느낄지도 모른다.

100일 글쓰기 하는 이유를 잊어버린 채 억지로 목표를 향해가는 것은 가학일 뿐이다. 그렇다고 과감히 포기하지도 못한다. 지금까지 쏟아부은 시간과 에너지가 아까워서라도 일단은 100일을 완주하고 보자는 심리가 깔린다. 일종의 '콩코드 효과'라 볼 수 있는데, 실제로 100일을 억지로 마친 후 뒤도 안 돌아보고 다시는 글을 쓰지 않겠다고 선언하는 사람들도 보았다. 영화 〈라이프 오브 파이〉에서 파이에게 눈길 한 번 주지 않고 떠나버린 뱅골호랑이 리처드 파커도 아니고, 아예 절필을 선언하다니, 이거야말로 100일 글쓰기의 오류가 아닌가. 100일이 다가올수록 매몰 비용으로 여겨지는 금쪽 같은 시간과 에너지를 다시 살릴 수 있는 방법은 없을까?

초심으로 돌아가 도대체 왜 글을 쓰려는지 스스로에게 진지한 물음을 던져보면 어떨까? 어느 중견 시인은 시를 쓰는 이유를 궁금증에서 찾았다. 어렸을 적, 자신을 버린 엄마가 왜 그랬는지 알고 싶었다고 한다. 엄마를 잡지 못한 아버지 또한 왜 그럴 수밖에 없었는지. 시인에게는 상처의 기원이 시를 쓰는 동력이었던 것이다. 여기에 그치지 않고 인간이란 도대체 무엇인지 탐구하다 보니 그 과정이 고스란히 시가 되었다고 한다. 유년이 주는 상흔이 시재를 지닌 전문 시인에게만 긍정적으로 작용하는 것은 아니다. 삶을 영위하는 사람이라면 누구나 과거의 기억이 글을 쓰는 동력이 될 수 있다. 그것이 설령 떠올리기 싫은 트라우마라 할지라도.

소소한 일상을 세심한 눈길로 기록하고 싶은 사람도 있을 수 있다. 내가 지나온 시간과 공간을 관찰하는 일은 나를 요모조모 살펴보며 디자인하는 것과 같다. 하루 느낌이나 감상을 적는 단순한 일기에서 벗어나 반복되는 평범함에서 약간의 변화를 감지하고 수용하면서 자신의 핏을 살린다면 어제보다 보기 좋은 맵시를 만들 수 있다.

무수한 생각이 하루에도 수십 번 떠오르는 사람에게는 그것을 정리하고 표현하는 것이 글쓰기 목표가 될 수도 있다. 이것은 명쾌한 표현법을 기르는 일에 그치는 것이 아니라 나 자신을 사랑하는 일이기도 하다. 우리는 혹시 불쾌하게 하고 스트레스 주는 자극을 애써 무시하는 듯 살면서 고통과 상처를 입고 살지는 않았는가. 상사의 묘한 표정이나 언사에 모멸감을 느껴도 상황을 모면한 뒤에는 꺼림칙했던 그때 느낌을 떨쳐버리려 하지는 않았는지. 법으로 명시된 육아휴직을 써야 할지 눈치가 보여도 어쩔 수 없는 일이라 여기지는 않았는지. 거북한 마음이 들어도 내 감정의 정체를 확실히 파악하지 못하면 쉽게 잊어버리고 나중에 또 그와 같은 일을 당해도 그저 기시감으로 착각했다고 여기게 될 뿐이다.

모호한 느낌을 명확한 단어로 채집하면 생각과 주관이 바로 선다. 생활에서 겪게 되는 불합리는 물론 사회 구조적인 차원에서 감히 발설할 수 없었던 모순을 깨닫게 된다. 이런 인식은 비합리적인 감각으로부터 나를 보호해준다.

100일 글쓰기 경험자인 이아름 씨는 자신이 회사에서 말 잘 듣는 조용한 사원에서 상사에게 합리적인 질문을 하는 사람으로 변모했다고 말한다. 인상적인 것은 주위의 반응이었다. 그저 순응하지 않고 옳고 그름을 헤아리게 되자 오히려 똑소리 나는 사람으로 평가를 하기 시작했다.

'오만 가지'라는 표현처럼 각종 생각이 뒤얽혀 감각을 발달시킬 수 있는 기회가 많지만, 대개는 '바쁘고', '귀찮아서' 그냥 흘려보낸다. 어쩌면 글쓰기는 나를 변화, 성장시킬 수 있는 강력한 무기일지 모른다. 다만 위력을 인정받지 못해 창고 안에서 먼지에 쌓인 채 썩고 있는지도. 100일 글쓰기는 잠자던 무기를 꺼내 녹을 닦는 훈련이다. 70일쯤 지나 거죽을 문지르는 일에 회의가 들면 당신이 들고 있는 것이 무기라는 것을 깨닫자. 그 무기로 무엇을 할 수 있는지 생각해보자. 나는 왜 쓰는가.

글쓰기는 노동이다

사실 글쓰기만큼 문턱이 낮은 분야도 없다. 사업으로 비유하자면 글쓰기 작업은 자본금이 제로에 가깝다. 연필과 종이만 있으면 언제 어디서든 글을 쓸 수 있다. 요즘처럼 디지털 시대에는 노트북이나 스마트폰을 이용하기도 하지만 이런 기기들도 거의 생활 필수품이다. 즉 누구나 쉽게 시작할 수 있는 것이 글쓰기다. 그래서일까? 글쓰기 효과를 누리기 위해 많은 사람들이 글쓰기 강좌를 신청한다. 감정 해소나 자기 표현처럼 개인적 만족은 물론 승진이나 자기소개서처럼 자기계발 측면에서도 글쓰기는 꽤 매력적이다. 요즘은 생활 글쓰기, 자서전 쓰기, 소설 창작, 치유 글쓰기, 서평 쓰기, 영화 리뷰 쓰기, 보고서 쓰기 등 글쓰기 강의도 세분화되어 있어 '골라 듣는' 재미가 쏠쏠하다.

하지만 글쓰기 강의를 듣는 이들이 상당한 것에 비하면, 글을 잘 쓰는 사람은 생각보다 많지 않다. 수업을 듣고 블로그나 페이스북 등에 글을 올려보지만 대개가 자신의 느낌이나 상황을 단편적으로 서술할 뿐이다. 이런 메모 수준의 글조차도 지속적으로 쓰는 사람은 적다. 어느새 블로그는 글 공급이 끊겨 거미줄 쳐진 폐가가 되거나 페이스북에서는 다른 사람 글에 '좋아요'를 누르는 활동만 하게 되는 경우도 있다. 시간이 흘러 글을 쓰고 싶은 마음이 다시 일어나, 글쓰기 강의 쇼핑을 시작으로 조금씩 열의를 다진다. 드디어 마음에 쏙 드는 또 다른 수업을 발견하고 등록한다. 강의를 열심히 듣고, 먼지 쌓인 블로그를 다시 열고 시작해보지만 얼마 가지 못한다. 악순환의 연속. 그렇게 시간은 흐르고 글쓰기는 항상 꿈으로만 남는다.

무엇이 문제일까?

글쓰기의 특징을 파악하지 못해서다. 글쓰기는 문턱이 낮은 반면 지속하기 어려운 특성을 지니고 있다. 누구나 쉽게 시작할 수 있지만 계속 쓰기 힘든 것이 글쓰기다. 자본금은 0이지만 지속비는 가늠하기 어려울 정도로 고가다. 거기에는 시간, 몰입뿐만이 아니라 버티는 힘, 산출을 위한 끊임없는 투입 등이 필요하다. 글쓰기는 에너지 공급을 부단히 해줘야 하는 노동이다.

많은 사람들이 생각보다 글쓰기를 만만하게 본다. 쓰는 기술을 조금 익히고 어느 정도 연습을 하면 실력이 일취월장하리라 생각한다. 이 역시 착각이다. 실제로 100일 글쓰기를 성실하게 하신 이진일 씨는 완주 소감을 묻자 이렇게 답했다. "글쓰기가 어렵다는 것을 알았어요. 글 잘 쓰는 사람을 보면 그들이 고생한 시간이 이젠 보여요 단언컨대 글쓰기는 절대 쉽지 않아요."

사자가 토끼를 사냥할 때도 최선을 다한다. 어설픈 몰이로는 그날 먹이를 놓치게 된다는 걸 알고 있기 때문이다. 사자는 그런 사냥의 본질을 안다. 진일 씨는 글쓰기가 100일이라는 짧은 기간의 훈련으로는 쉽게 달성할 수 없는 진지라는 걸 깨달았다. 사실 글쓰기는 하루아침에 이루어지는 기술이 아니다. 수많은 작가들이 글쓰기는 엉덩이의 힘이라는 진리를 보여주기도 하지 않는가.

> 작가 황석영이 한 인터뷰 자리에서 자신은 "소설을 엉덩이로 쓴다"고 했던 말이 떠오른다. 그것은 작가가 소설에 투여하는 집중적인 시간과 인내의 중요성을 말한 것일 터이다.
>
> — 『가슴으로도 쓰고 손끝으로도 써라』(안도현 지음, 한겨레출판, 2008)

사실 성취의 기본 조건을 '엉덩이'에 비유하는 것은 예전부터 있었다. 몇 년 전, M 대형입시학원 당시 원장은 '엉덩이로 공부해라'는 말로 유명세를 탔다. 당락은 질보다 양으로 결정된다며 수험생들을 고취시켰다. 글쓰기도 마찬가지다. 『태백산맥』의 조정래 작가도 엉덩이의 힘을 강조했다. 매일 원고지 30매를 쓰기 위해 16시간씩 투자했다고 한다. 여름이면 엉덩이에 종기가 나 이리저리 들썩거리며 글을 썼다.

소설가 김훈이 『칼의 노래』를 2개월 만에 탈고하며 이가 8개나 빠졌다는 일화는 유명하다. 그가 어느 TV 방송 인터뷰에서 "그때 제가 몸을 좀 돌보지 않았어요."라고 담담히 말했던 장면은 지금도 잊을 수가 없다. 엉덩이가 인고의 상징이라면 이빨은 집중력을 의미한다. 하루키는 『달리기를 말할 때 내가 하고 싶은 이야기』(문학사상사, 2009)에서 작가로 롱런하는 글쓰기 비법을 알려주는데 다름 아닌 집중력과 지속력이다.

100일 글쓰기는 집중력과 지속력을 키우는 데 훌륭한 훈련이다. 하루마다 오는 마감과 100일까지 버텨야 하는 과제가 주어지기 때문이다. 수동적인 자세에서 벗어나 팔을 걷어붙이고 노트북에 앉아 직접 글을 써보자. 단, 유념해둘 것이 있다. 엉덩이와 이빨로 글을 쓰겠다는 다짐을 해야 한다. 글쓰기는 손으로 끄적이는 음풍농월이 아니다. 온몸으로 행하는 노동이다.

자기검열, 오히려 하자

글쓰기 두려움을 이겨내기 위한 첫 번째 방법은 자기검열에서 벗어나는 것이다. 그렇지 못하면 단 한 줄도 쓰지 못하게 되는 경우가 많다. 솔직한 감정이나 생각을 적나라하게 쓰게 되면 자신이 너무 드러날까 은근히 걱정된다. 논리적으로 어설프지는 않을까, 천박해보이지는 않을까 혹여 속 좁아 보이지는 않을지 오만 가지 생각이 들어 결국 쓰지 못한다.

많은 글쓰기 책이나 강의에서는 '쓰고 싶은 대로 쓰라'고 권한다. 이것저것 고민할 바에는 고민하고 있는 내용이나마 진솔하게 쓰는 것이 좋다. 하지만 이게 그리 쉽지 않다. 글 속에 오롯이 드러날 나의 균형적이지 못한 사고, 추한 감정 등을 생각한다면 얼굴이

붉어지고 만다. 수치심 때문이다. 사회학자 노명우 교수는 수치심에 대한 두려움이 자기검열로 고스란히 바뀐다고 말한다.

> 수치심의 덫에 갇히는 한, 그는 자신을 사실 그대로 재현할 수 있는 능력을 상실한, 사실상 거짓말쟁이가 되기 쉽다. 사실을 날조하는 행위만이 거짓말이 아니다. 수치심에 대한 두려움으로 자신의 '흑역사黑歷史'에 대해 침묵하면서 사실을 미화의 기법을 이용해 슬쩍 변조하는 것도 거짓말이다.
>
> — 『혼자 산다는 것에 대하여』(노명우 지음, 사월의책, 2013)

수치심을 극복하지 못하면 글을 쓰더라도 거짓 글에 머물게 된다. 거짓은 거짓을 낳고 결국엔 거짓을 조합할 능력이 떨어지면 글은 더 이상 쓸 수 없게 된다. 특히 글쓰기 초보자인 경우 한 문장을 이어나가기가 힘들다. 쓰고 싶은 욕구가 목구멍까지 차올랐을 때 글은 폭포수처럼 뿜어 나올 수 있다. 그것이 글쓰기의 생리다. 하지만 자기검열은 쓰기 욕구를 희석시킨다. 농밀하지 않으니 식도까지 다다라 오를 리 만무하다. 겨우 뱉어봐야 마른침에 불과하다.

그렇다고 수치심을 이겨내기 위해 심리 상담을 받는다거나 호연지기를 기르는 것처럼 거창한 결단을 해야 하는 것은 아니다.

사회적으로 영향력을 가진 문필가가 필화筆禍 사건을 피하기 위한 자기검열로 고생할 때라면 모를까, 우리처럼 글쓰기 열망을 분출시키려는 100일 도전자에겐 간단한 방법이 있다.

'그냥 쓰면 된다.'

글쓰기의 방법론 중에 모닝페이지라는 것이 있다. 모닝페이지는 아침에 일어나자마자 '생각나는 대로' 쓰는 글이다. 일체의 점검 없이 의식이 흐르는 대로 써내려가다 보면 자신의 내부를 들여다볼 수 있다. 작가 줄리아 카메론은 『아티스트 웨이』(경당, 2012)에서 모닝페이지는 창조성 회복의 실마리가 되는 도구라고 말한다. 이 방법을 적용해보자. 마치 모닝페이지를 쓰듯 아무런 잣대도 들이지 않고 '그냥 쓰면 된다.' 두서없이 써도 괜찮다.

글은 손끝에서 나온다. 쓰다 보면 미처 인식하지 못했던 글쓰기 욕구가 스멀스멀 기어 올라온다. 막연하게 시작한 글은 자신이 생각해도 놀라울 소재를 발굴하며 전진한다. 자기검열만 내려놓는다면 글은 화수분처럼 무한히 증식한다. 그저 손이 가는대로 노트북에 타이핑하면 된다. 논리나 섬세함, 일관성 등은 그다음 얘기다. 글이 다 흘러간 후 나중에 퇴고하면 된다. 그러니 일단 쓰자. 쓰기 시작하면 마음을 내려놓자.

글쓰기 두려움에서 빠져나오는 두 번째 방법은 자기검열을 하는 것이다. 이 무슨 해괴한 말인가. 지금까지 자기검열에서 벗어나라고 말하지 않았는가. 사실 자기검열하지 않은 글이 당면하게 되는 위험이 있다. 폐쇄성이다.

> 글을 써보려고 노력했다. 블로그에도 올리고 글쓰기 모임에도 참여했다. 처음엔 비공개로 인터넷에 올렸는데 공개로 돌리자마자 이런 댓글이 달렸다. "그건 님의 생각 아닌가요??" 머리를 얻어맞은 느낌이었다. 내 글을 다시 읽어보니 제대로 내 생각이 전달되지 않았다. 글을 잘 쓰고 싶다. "멋진 생각이군요. 나도 그렇게 생각해요"라는 댓글이 달리면 좋겠다. —100일 글쓰기 참여자 이문수

이문수 씨는 자기검열에서는 자유로웠지만 실은 자기 안에 갇힌 글쓰기를 해왔다. 글쓰기는 기본적으로 생각을 표현하는 작업이다. 그런데 생각은 꽤 주관적이다. 친절한 설명이 없는 주장은 편향된 주관을 드러낼 뿐이다. 왜 그렇게 생각하는지 근거나 이유를 보탠다면 글은 훨씬 객관화될 수 있다. 이런 글은 편견에서 벗어나 공감은 물론 설득하는 힘을 갖는다. 생각을 단순히 표현하는 것을 넘어, 읽는 사람의 마음을 흔든다.

아무런 제약 없이 손끝에서 술술 풀리는 글은 모호해지기 쉽다. 자기감정에 도취되어 추상적인 글이 된다. 쓰는 이는 알지만 읽는 사람은 이해하기 어렵다. 퇴고를 해도 마찬가지다. 난해한 단어, 애매하고 불명확한 표현, 뜬구름 잡는 주제를 담은 글은 주관과 편견에서 나온다. 이런 글은 가독성이 떨어지고 남들의 관심을 받지 못하게 된다. 오히려 남들의 무시나 질타를 받을 수도 있다. 커다란 논리적 결함으로 어떤 주장을 하는 글이라면 반론은 물론 질책을 받게 된다.

어떻게 해야 자기검열에서 탈피하면서도, 자기 안에 갇힌 글쓰기에서 빠져나올 수 있을까?

글은 기본적으로 소통의 도구다. 물론 감정을 푸는 해소의 역할도 중요하지만 나누지 못하고 스스로 가두는 글은 한계를 지닌다. 요즘 글쓰기 환경은 대문을 확 열어놓아 경계가 없어 보인다. SNS를 비롯, 블로그 등을 통해 자신의 생각을 표현한다. 하지만 생각보다 많은 사람들이 비공개로 인터넷에 글을 올리곤 한다. 다른 사람의 글을 엿보면서 내 글은 보여주기를 꺼리는 것이다. 당장 공개로 돌리고 싶지만 그게 마음대로 되지 않는다. 자신의 생각과 표현방식에 자신이 없어서다.

100일 동안 쓰는 글을 과감히 공개해보자. 블로그에 100일 글쓰기 게시판을 만들고 매일 업데이트하자. 처음에는 주목받지 못해도 어느 순간에 공감 표시가 하나씩 늘어나고 격려의 댓글도 달릴 것이다. 다른 사람이 내 글을 보고 있다는 의식은 건강한 자기검열이다. 설령 비판적인 댓글이 달리더라도 두려워하지 말자. 악플보다 무플이 더 무섭다는 얘기도 있지 않은가? 댓글 내용이 타당하다는 판단이 들면 그것을 피드백으로 삼으면 된다. 마음이 살짝 불쾌하겠지만 내 글의 훌륭한 선생이 될 수 있다. 글을 공개하면 독자를 생각하게 되는 객관적 글쓰기를 하게 된다. 자극을 주는 은근한 자기검열은 환영해야 한다.

5장

100일 글쓰기를 완주하는 비법

함께 쓰면 정말 쓸 수 있다

글쓰기는 누구나 쉽게 할 수 있는 만큼 100일 글쓰기 또한 도전 의지만 있다면 언제라도 시도할 수 있다. 하지만 하루에 한 편씩 100일 동안 글을 쓰는 것은 생각보다 쉽지 않다. 100일 글쓰기 강의를 하면서 열의에 가득 차 시작했던 사람들이 50일을 넘기지 못하고 그만두는 경우를 자주 보았다. 예측하지 못했던 일상의 사건들로 인해 글을 못 쓰게 되거나, 컨디션이나 게으름을 극복하지 못하고 자신과 타협해 결국 중도에서 포기한다.

시간 관리 실패, 글감 부족, 단기간에 글쓰기 실력을 키우려는 조바심, 회의감 등 100일 완주를 방해하는 요인은 너무도 많다. 하지만 끝까지 100일 동안 100편의 글을 채운 사람들도 많다.

100일 글쓰기 성공과 실패를 가르는 원인은 무엇일까? 여기서는 100일을 지치지 않고 완주할 수 있는 비법을 살펴보도록 하자.

위대한 업적은 물론이고 삶의 소소한 성공은 하루아침에 이루어지지 않는다. 각성과 꾸준함으로 무장한 매일 매일의 성실함만이 목표 달성을 담보한다. 그것을 우리는 습관이라 부를 수 있을 것이다. 안착된 습관은 나름의 반복된 규칙에서 사유를 만든다. 『달과 6펜스』의 작가 서머싯 몸은 매일하는 면도에도 철학이 깃든다고 말했다. 단순하고 일정한 행위에서 삶을 살아가는 준칙을 깨닫게 되기도 한다.

100일 글쓰기는 어쩌면 유통기한이 상재된 습관의 통조림을 요리하는 과정일지도 모른다. 100일은 쉬운 먹을거리부터 정말 조리해서 먹고 싶은 음식, 세프들이 만들어내는 고급 요리까지 나름의 시각으로 도전해보는 기간이다. 다채로운 글쓰기 훈련으로 세상을 관찰하는 법과 자아를 찾는 방식을 배울 수도 있다. 100일 동안 깃든 습관을 발판으로 내가 정말 쓰고 싶은 글을 마음껏 쓸 수도 있다. 그래서인지 많은 사람들이 100일만 투자하면 나도 글을 쓸 수 있다는 희망으로 글쓰기를 시작한다. 하지만 100일 후 피니쉬 라인을 멋지게 가슴으로 터치하는 이는 많지 않다. 성공의 100일을 보내는 좋은 방법이 없을까?

개인의 의지는 함께하는 사람들이 곁에 있을 때 견고해진다. 혼자 하는 작업은 늘 타협의 유혹에 노출된다. 퇴근 후 피곤한 몸을 이끌고 노트북에 앉아보지만 몰려오는 잠과 함께 어디선가 꾐의 목소리가 들려온다. '내일 써도 괜찮아.' '오늘 정말 열심히 보냈잖아. 충분한 휴식이 필요해.' '오늘 안 쓴다고 세상이 무너지겠어?' '내일 2편 쓰면 되잖아.' 결국 달콤한 속삭임에 이기지 못해 침대로 들어간다. 하지만 함께 쓰는 이가 있으면 상황은 달라진다. 지금 당장 글을 쓰라는 호령을 듣고 정신이 번쩍 들 수도 있고, 다른 사람이 완료한 글을 보고 뒤처지지 않기 위해 경각심에서 글을 쓸 수도 있다.

글쓰기 행위 자체가 꽤 개인적 성향을 띤 작업이라 과연 함께 쓸 수 있는지 의문이 들 수 있지만 일단 커뮤니티를 만들어보자. 동일한 목표를 지닌 사람들의 모임인 셈인데 처음엔 꽤 막막해보여도 일단 결성을 하면 성공에 큰 도움이 된다.

온라인 카페를 만들어 매일 글을 쓰고 올리면서 서로 확인해주자. 두세 명의 소수 인원도 괜찮지만, 여러 명이 함께 참여하면 훨씬 좋다. 예를 들어 열 명으로 이루어진 모임이라면 내 마음에서 속삭이는 유혹의 목소리를 아홉 명의 관심과 격려로 물리칠 수 있다. 내 컨디션이 준수한 반면 상대방이 힘든 날에는 에너지를 그에게 줄 수도 있다. 상생하며 서로의 목표를 이루어나가는 과정에서 어느새 100일 고지에 우뚝 선 자신의 모습을 발견하게 될 것이다.

프랑스 철학자 몽테뉴는 천여 권의 책을 싸들고 어느 성 안의 작은 탑으로 스스로 '입소'했다고 한다. 그는 거기서 10년 동안 머물며 책을 읽고 글을 썼다. 자신을 외부와 철저히 격리시키고 사색했다. 그는 그 공간을 치타델레Zitadelle라 불렀다. 『수상록』 또한 그곳에서 탄생한 작품이다. 외로움과 고독을 대면하고 극기한 결과 그는 고전이 될 책을 써냈다.

100일 글쓰기를 하는 이들에게도 자신만의 치타델레를 가지기를 권한다. 그런 공간은 온라인 카페가 될 수도 있는데, 치타델레의 디지털 확장판이라고도 볼 수 있다. 100일 글쓰기 온라인 카페는 나만의 고유한 글쓰기 공간인 동시에 남과 공유하며 지적 성찰을 일궈낼 수 있는 곳이다. 온라인 카페를 비공개로 설정하면 하루에 한 번 이곳으로 들어와 잠시 세상과 벽을 쌓고 글쓰기에 몰입할 수 있다. 동시에 다른 이의 글을 보며 영감을 받기도 하고, 댓글을 달며 격려를 해줄 수도 있다. 우리의 치타델레가 되는 순간이다. 몽테뉴의 10년을 우리의 100일로 전환시켜보자. 공동의 멋진 치타델레를 구축할 수 있다.

100일 동안 한번 써볼까라는 단순한 호기심에서 모임을 시작해도 좋지만, 기왕이면 규칙을 세우자. 마치 태평양을 건너갈 배 위에 올라가는 마음가짐으로 모임을 조직하자. '100일 글쓰기 호'에 탑승하는 순간 모임은 글쓰기 공동체가 된다. 오늘 내가 써야 상대방도 쓸 수 있다. 묵묵히 글 써나가는 회원을 보며 자극을 받고 마음을 다져서 쓸 수 있다. 반대로 내가 오늘 쉬면 상대방의 기를 꺾게 된다. 그런 경우 내가 쓰더라도 다른 사람이 안 쓸 수도 있어 긴장감이 떨어진다. 전체적으로 분위기가 좋지 않게 된다. 이것을 방지하기 위해서는 서로 지켜야 할 약속이 필요하다. 예를 들면 댓글을 달거나, 격려의 톡을 해준다면 서로에게 큰 힘이 될 것이다. 다음은 100일 글쓰기 완주를 한 김두연 씨의 글이다.

사실 처음에는 그저 '매일 글쓰기'를 훈련하는 것이 주요한 목적이었다. 다른 사람들의 글을 읽게 되리라고는 생각도 못했다. 첫 시간에 댓글을 권장하는 선생님의 말씀에도, 바쁜데 글 읽을 시간이나 있겠나 속으로 생각했다. 하지만 결과적으로 요즘 다른 분들의 글을 읽으며 많이 배우고 있다. 어쩜 저렇게 이야기를 잘 만들까, 어떻게 저런 상큼한 표현을 쓸까, 상세하고 확 와닿게 만드는 저런 묘사력을 닮고 싶다, 어떻게 저런 식으로 힘있게 자신의 논지를 밀고 나가지 하며 감탄할 뿐만 아니라 재치와 유머가 가득한 글이나 문장을 보면 혼자 웃음을 빵 터뜨린다. 그리고 글을 읽고 댓글을 달면서 다른 사람들과 함께 정보와 이야기를 공유하고 공감하는 느낌을 갖는다. 얼굴을 맞대고 이야기를 많이 나누지는 못했지만, 오히려 그래서 그 사람의 감성, 취향, 생각 등의 단초를 잡을 수 있지는 않을까 호기심을 갖고 글을 읽게 된다. 그리하여 '매일 글쓰기'와 함께 '카페 글 읽기'도 언젠가부터 나와의 중요한 약속이 되었다. —100일 글쓰기 참여자 김두연

온라인상의 만남에서 벗어나 정기적으로 직접 만나는 것도 좋다. 오프라인 모임에서 글쓰기 진척 상황이나 어려운 점, 서로의 노하우 등을 공유한다면 다음 만날 때까지 지치지 않고 글을 쓸 수 있다. 공식적인 오프라인 모임이 끝난 후 자유롭게 이야기 나누는 뒤풀이를 하는 것도 도움이 된다. 물론 뒤풀이 또한 글쓰기와 연계된 글쓰기 동력을 만드는 자리여야 한다.

그렇다면 함께 글 쓰는 커뮤니티를 만들기 위한 순서와 규칙을 살펴보자.

1. 100일 글쓰기를 함께 할 글 친구를 찾자.

2. 인터넷 카페를 개설하자.

3. 게시판에 매일 글을 써서 올리자.

4. 마감 시간을 정하자.

5. 하루 글쓰기 최소 분량을 정하자.

6. 글을 쓰지 못하는 경우를 대비해 벌칙을 정하자.

7. 의무적인 댓글 수를 정하자.

8. 정기적인 오프라인 모임을 만들자.

함께 100일 글쓰기 진행 규칙의 예

	규칙	비고
1	매일 쓰기	하루도 빠뜨리지 않고 쓴다.
2	일정 분량 이상 쓰기	처음 정한 분량 이상을 반드시 지킨다. 기간별로 기준 분량을 늘리는 것도 좋다.
3	하루 마감 지키기	100일 동안 마감 인생을 산다는 각오를 하자.
4	댓글 달아주기	댓글은 배려와 관심을 표현하는 행위다.
5	오프라인 모임 참석하기	직접 만나 얼굴을 보며 이야기를 나누면 글쓰기 동력을 얻게 된다.
6	온라인 카페 실명 전환하기	처음 만나는 사람끼리 글로 서로 소통하는 것이 쉽지만은 않다. 100일 동안 일상이나 감정, 경험, 읽은 책, 영화 등 다양한 이야기를 쓰고 다른 사람의 글도 보게 되므로, 실명으로 쓰면 서로에게 믿음을 줄 수 있다.

효과적인 슬럼프 극복 방법

하루도 거르지 않고 100일 동안 글을 쓰다 보면 슬럼프에 빠지는 시기가 찾아온다. 100일이 생각보다 짧지 않은 기간이기에 예측하기 어려운 상황이 닥치기 마련이다. 또한, 글쓰기는 적어도 시간과 공간을, 더 나아가서는 사색의 여유를 확보해야 하는 작업이다. 이런 요소가 제대로 공급되지 않으면 쉽게 어려움에 봉착할 수 있다.

100일 글쓰기 완주한 사람들과 슬럼프에 관해 이야기를 나눠보면 정말 글을 쓰기 싫은 적이 있는 걸 알 수 있다. 시공간이 충분히 갖춰졌지만 도무지 한 문장을 완성하기 힘들어 괴로웠다고 토로하는 경우도 있다. 실제로 그 시기에 쓴 글을 살펴보면 그야말로 하루를 억지로 채우듯이 겨우 마무리하거나, 때로는 의미 없는 단어의 나열로 짧은 단상을 적거나 한편의 글이라기보다는 마치 메모처럼 급하게 쓴 것을 알 수 있다.

쉬지 않고 글을 썼다면 그나마 다행이다. 무슨 일이 있어도 100일 글쓰기를 완주하겠다는 의지가 살아 있기에 오히려 스스로에게 자랑스러운 흔적이라고 볼 수 있다. 유화은 씨는 슬럼프를 극복한 자신에게 상을 주고 싶다고 말한다. "그 시기에 쓴 글을 보면 정말 형편없어요. 뭐 다른 글들도 그렇지만. 그때 제가 주변사람들과 관계가 안 좋았거든요. 마치 터널을 지나는 느낌? 보통 이럴 땐 점찍어놓았던 맛집에 혼자 가거나 쇼핑하러 이리저리 돌아다니곤 했어요. 풀리면 괜찮지만 그렇지 못하면 다른 일을 전혀 못 했는데… 근데 이번 100일 글쓰기를 하면서는 좀 바뀐 것 같아요. 그 상황에서도 글을 계속 쓰다니. 제가 생각해도 대견해요." 화은 씨는 무언가를 이렇게 꾸준히 한 경험은 100일 글쓰기가 처음이라고 말한다. 짧은 글이지만 끝까지 포기하지 않고 썼다는 사실은 그에게 큰 자신감을 심어주었다.

이와는 다르게 감정이 과잉된 글을 볼 때가 있다. 물어보면 어김없이 슬럼프였다고 한다. 정예은 씨는 글이 안 써지는 기분을 여과 없이 표현했다. "도무지 글감이 떠오르지 않는 거예요. 마감 시간은 다가오고… 이러다 안 되겠다 싶어 그냥 썼어요. 지금 뭘 써야 될지 모르겠다, 머리가 하얗게 안개 속에 있는 것 같다, 평소에 책 좀 읽어두었으면 좀 좋아, 이렇게 쓰다 보니까 뭔가 좀 풀리더라고요. 나중엔 부모님께 서운했던 감정이 터져 나왔어요…" 글이 안 써질 때면 모닝페이지를 쓰듯 떠오르는 생각들을 그대로 적어 나갔다. 꼬리를 물던 생각이 마침내는 마음속 깊숙이 머물던 문제를 건드렸다. 힘 빼고 쓴 글이 오히려 묵직한 울림을 낳은 것이다.

보통 슬럼프를 극복하기 위해 벗어나려고 하기보다는 휴식을 취하라고 주문하는 경우가 있다. 좋은 방법일 수 있지만 100일 글쓰기에는 도리어 독이 되기도 한다. 잠시의 멈춤이 영원한 휴식이 될 수 있다. 100일 글쓰기는 마라톤과도 같다. 달리기에 염증을 느껴 잠깐 쉬었다가 뛰는 러너runner는 없다. 고통스럽더라도 억지로 한 걸음 한 걸음 내딛을 때 의미가 있다. 이를 위해선 왜 글을 쓰기 싫은지, 어려운지 슬럼프와 대면할 필요가 있다.

원인이 분명한 경우는 조금 낫다. 갑작스런 업무량의 증가나 단순 글감 확보의 어려움 등은 시간 조절이나 메모의 활용처럼 어렵지 않게 극복할 수 있는 방법이 있다. 문제는 자신도 알기 힘든 심리적인 갈등이다. 각자가 처한 상황과 글쓰기 경험에 따라 이유는 천차만별이다. 이럴 때일수록 회피하지 않고 슬럼프와 맞서는 용기가 필요하다.

윤효원 씨는 100일 중 약 열흘 정도 글을 쓰기 싫었다고 한다. 그때마다 노트북에 앉아 눈을 부릅뜨고 모니터를 째려봤다. 그렇다고 글감이 뚝딱 떨어지지는 않았다. 그래도 효원 씨는 팔짱을 끼고 누가 이기는지 보자는 심사로 자리를 뜨지 않았다. 어느 정도 지나면 글이 조금씩 비집고 나오는 느낌이 든다고 했다. 노트북에 천천히 손을 얹고 그 느낌을 조심스럽게 옮겼다. 슬럼프를 정면에서 대면한 경우다.

심리적인 측면에서 오는 슬럼프 극복 방법 중 하나는 신체를 활용하는 것이다. 글을 쓰는 작업은 꽤 정적인 행위여서 자칫 몸을 무기력하게 만들 수 있다. 평소에 하는 운동이 없다면 하루 중 일정 시간을 정해놓고 걷는 게 도움이 된다. 한번은 100일 글쓰기 수업 수강생들에게 '함께 걷기'를 권유한 적이 있었다. 휴대폰 어플로 그날 걸은 기록을 측정해서 단체카톡방에 공유하는 방식이었다. 당시 그들은 80일째 글을 쓰고 있었는데, 막바지에 다다른 시점이어서 모두가 지친 상태였다. 하지만 결과는 기대 이상이었다.

함께 걷기를 제안받았을 때는 100일 글쓰기가 19일밖에 남지 않은 시점이었다. 무엇인가를 시작하기에는 애매한 기간이라는 생각이 들었지만, 막상 시작하고 나니 함께 걷기를 하지 않았더라면 과연 내가 오늘까지 글쓰기를 하고 있을까 싶을 정도로 나에게 지대한 영향을 끼쳤다. 딱 지쳐갈 무렵에 걷기를 시작하면서 오히려 글쓰기를 지탱할 수 있는 에너지를 얻고 있다. —100일 글쓰기 참여자 김민재

글쓰기 근육을 기르기 위해서는 체력도 상당히 중요하다. 걷기는 생활의 활력소가 될 뿐 아니라 글감 수집에도 작용한다. 무엇을 쓸지 찬찬히 생각하며 걷다 보면 의외로 문제가 풀리는 경우가 많다. 물론 기술적인 측면에서 슬럼프를 극복하는 방법도 있긴 하다. 가령 시간에 쫓길 때는 인상 깊게 읽은 책을 발췌해도 괜찮다.

100일 글쓰기는 연속성을 훈련하는 프로젝트다. 습관을 정착시키기 위해서는 일상에서 행동이 쌓여야 한다. 쓰지 않고 하루를 건너뛰는 것보다 짧지만 책에서 강렬한 부분 또는 매체를 확장해 그날 신문에서 마음에 드는 문장을 발췌하는 것이 훨씬 효과적이다. 하루를 타협해 아무것도 쓰지 않는다면 다음날도 쓰지 않게 된다. 슬럼프로 괴로울 땐 마지막 비장의 무기인 발췌를 해보자. 단, 발췌 찬스 횟수를 정하자. 자기와의 약속으로 슬럼프를 이겨내는 쾌감을 맛보게 될 것이다.

어쩌면 슬럼프 극복보다 미연에 방지하는 것이 더 중요할지 모른다. 글감이 바닥났을 때는 세이브 원고(미리 작성해놓은 여분의 원고)가 있으면 좋다. 자신이 쓴 글을 사용한다는 점에서 자가 발췌라고도 볼 수 있다. 물론 세이브 원고는 작가들에게도 쉽지 않은 일이다. 하지만 역으로 매일 마감을 치러내야 하는 작가의 마음으로 도전해보는 것도 색다른 재미를 준다. 김인순 씨는 세이브 원고를 도깨비 방망이로 표현했다.

> 글의 소재도 마땅히 떠오르지 않고, 소재가 있다 해도 글이 써지지 않아 멍하니 모니터만 30분 넘게 바라보게 되는 오늘 같은 날. 왜 작가들이 세이브 원고, 세이브 원고 노래를 부르는지 어쩐지 조금이나마 그 기분을 알 것 같다. 도깨비 방망이가 있다면, '금 나와라 뚝딱'이 아니라 '세이브 원고 나와라 뚝딱'을 부르고 싶은 이 심정. 이게 바로 작가들의 마음이지 않을까.
>
> ㅡ100일 글쓰기 참여자 김인순

치열하게 글쓰기를 한 사람에게는 슬럼프가 오히려 약이 될 수 있다. 어떻게 극복하는가에 따라 글쓰기 용기를 심어준다.

100일 글쓰기의 꽃, 오프라인 모임

앞에서 온라인 카페를 만들어볼 것을 권유했다. 함께 쓰는 글쓰기 공동체에 속한다면 거뜬히 100일을 날 수 있을 것이다. 인터넷을 기반으로 하기에 시공간 제약에서도 자유롭다. 자신만의 공간에서 글을 작성한 후, 게시판에 살며시 올려 공유하면 서로에게 건강한 자극을 준다. 지극히 개인적인 치타델레에서, 글을 나눌 수 있는 공동의 영역으로 발전하는 셈이다.

매일 글로 교우하다 보면 서로에게 문득 호기심을 가질 때가 생긴다. 글에서 글쓴이를 확인하고 싶은 마음 때문이다. 아직 대면하지 못한 사이라면 더욱 그럴 테고, 아는 관계라도 글 속에 나타난 심리적 변화가 궁금해질 수도 있다. 실제로 온라인 100일 글쓰기를 함께 한 사람들이 따로 시간을 내어 만나는 경우가 많다. 100일 과정 중에, 또는 완주한 후 직접 만나 글쓰기 회포를 푼다. 나만의 치타델레가 디지털 확장을 넘어 실재 공간에서 이루어지게 되는 경우다.

오프라인 모임은 100일을 지루하지 않게 이끌어주는 동시에, 100일 이후에도 글쓰기를 놓지 않고 꾸준히 이어나갈 수 있도록 해준다는 점에서 어쩌면 100일 글쓰기의 꽃이라 할 수 있다. 하지만 단지 얼굴을 본다거나 글에 관해 잡담을 나누는 정도라면 시들어버린 꽃이 될 것이다. 어떻게 하면 좀 더 효율적이고 인상적인 오프라인 모임이 될 수 있을까?

우선, 오프라인 모임의 목적이 분명해야 한다. 여느 번개 모임처럼 우르르 만나고 헤어지는 형식이어서는 만족스런 결과를 만들기 힘들다. 오프라인 모임은 100일 완주를 견인하는 힘이 되어야 한다. 지치고 힘들 때 만남으로써 기분전환은 물론 다음 모임 때까지 글을 쓸 수 있는 식량을 배급받을 수 있어야 한다. 사람이 되겠다며 동굴에 '입소'한 곰이 잠시 밖으로 나와 서로의 안부를 묻고 다시 어두컴컴한 굴 안으로 저벅저벅 힘차게 들어갈 수 있는 장이어야 한다. 그렇기 위해서는 두 가지를 고민할 필요가 있다.

1. 얼마나 자주 만나면 좋을까

2. 만나서 무엇을 하면 좋을까

오프라인 모임은 계획된 날짜에 모이는 것이 좋다. 보통 2주에 한 번씩 만나면 무리가 없다. 일주일에 한 번은 긴장감이 떨어지고, 한 달에 한 번 정도는 유대감이 떨어져 효과가 적다. 유대감은 꽤 중요한데, 앞에서 말한 '글쓰기 공동체'라는 측면에서 설명될 수 있다. 글 쓰는 행위는 너무나도 개인적인 작업이지만, 글이 공유되고 전파되는 과정은 무척 공공적인 활동이다.

가수는 자신의 감성과 사유로 세상을 해석하여 노래를 부른다. 오롯이 사적인 감각으로 작품을 생산하지만 완성된 음악을 감상하는 것은 대중과 비평가의 몫이다. 이들로 인해 음악을 통한 담론을 형성할 수 있고, 더 나아가 사회에 큰 영향을 줄 수도 있다. 팬을 의식하지 않는 아티스트라 하더라도 대중의 존재는 음악을 하는 힘이 될 것이다. 이러한 가수와 팬의 깊은 유대감은 음악을 발전시킨다.

이처럼 음악의 영역과 범위를 100일 글쓰기로 옮겨 적용해보자. 글은 혼자서 쓸 수 있지만 쉽지는 않다. 특히, 글쓰기를 처음 시작하는 경우는 더욱 그렇다. 혼자보다는 여럿이 모이면 좀 더 수월

하게 100일을 버틸 수 있고, 서먹한 관계보다는 친밀한 유대감이 긍정적인 효과를 준다. 매일 온라인 카페로 서로의 존재를 인식할 수 있더라도 한 달에 한 번 정도의 모임으로는 유대감이 생기기도 전에 100일이 종료되고 만다.

100일을 기준으로 약 여덟 번 정도 만나면 적당하다. 만남의 간격을 14일로 설정하고 100일 시작하는 날에 첫 오프라인 모임을 하면, 99일째 되는 날 마지막 8회 모임을 가질 수 있다. 모임 간격이 같다는 점에서 오프라인 모임은 초항이 1, 공차가 14인 등차수열이 되는 셈이다. 마지막 모임 다음 날 100일째 글을 쓰면 대망의 100일 글쓰기 곰사람 프로젝트는 마무리된다.

5장에서 이야기하겠지만, 좀 더 발전된 글쓰기를 함께 모색할 계획을 세운다면 그 이후에 모임을 가지면 된다. 물론 오프라인 모임 횟수는 '100일 글쓰기 공동체'의 성격과 여건에 따라 조절할 수 있다. 식상하지 않으면서도 서먹하지 않은 적절한 간격으로 오프라인 모임을 설정하자.

그렇다면 만나서 무엇을 하면 좋을까? 그동안의 회포를 풀고 글쓰기 동력을 키울 수 있는 방법은 무엇이 있을까? 크게 세 부분으로 생각해보자.

1. 글쓰기 고민을 나누자.

2. 글쓰기 동력을 나누자.

3. 모임의 연결성을 확보하자.

오랜만에 만나는 자리라고 해서 수다와 잡담으로 채워서는 곤란하다. 동굴에서 잠시 휴가 나온 곰에게 해소는 될지언정 다짐과 같은 구체적인 '식량'은 될 수 없기 때문이다. 가장 중요한 것은 글쓰기 고민을 나누는 것이다. 글을 잘 쓰든, 글이 잘 풀리지 않든 100일 글쓰기라는 '치타델레'에 들어온 사람들은 저마다 글쓰기 걱정을 안고 있다. 매일 쓰고 있지만 노트북을 열면 언제나 엄습하는 막막함, 글 소재가 있어도 자연스럽게 써내려가기 힘든 부자연스러움, 꽤 넉넉한 분량을 쓰면서도 깊이 없는 내용으로 겪게 되는 실망감, 도무지 글감이 보이지 않아 지금이라도 당장 포기하고 싶은 마음, 이렇게 100일을 완주하면 잘 쓰게 될지 일어나는 회의감, 너무 바쁜 일상으로 글 쓸 짬을 도저히 내기 힘든 점 등 서로 충분히 공감할 수 있는 고민 등이 많다. 이런 점들을 서로 나눈다면 큰 힘이 된다. 나만 느낀 어려움이 아니라는 사실에 안도하게 되고, 더러는 해결책을 제시해주는 동료가 있을 수도 있다.

항상 글 쓸 시간이 없어 고민하던 한 회원은 매일 오후 2~3시에 글을 올리는 다른 회원에게 어떻게 시간을 확보하는지 물었다. 마케팅 관련 직종에 근무하는 그는 전날 메모한 것을 중심으로 다음날 글감을 정한다고 했다. 출근한 후 점심시간에 초안을 작성하고 외근 나가기 직전에 다듬어서 카페에 올린다고 말했다. 글을 쓰기 위해 단순히 노트북 앞에 앉아 있는 것이 아니라 사전에 글감을 갖춘다는 점, 고역이지만 틈새 시간을 공략하는 점 등을 공유한 것이다. 어찌 보면 전혀 새롭지 않은 방법일지 모른다. 글감을 위한 메모나 시간 쪼개기는 여느 글쓰기 책이나 수업에서 강조하는 부분이다. 하지만 글 쓸 시간을 찾지 못하던 이에게는 단비 같은 노하우였다.

또 다른 회원은 한 문단을 쓰는 것이 너무 힘들다며 특히 문단과 문단 사이를 어떻게 자연스럽게 연결할지 모르겠다고 토로했다. 짧은 분량이지만 간신히 문단을 쓰는 경우 문단 간의 연결이 막막한 것은 공감할 수 있는 글쓰기 고민거리다. 소설 습작을 매일 올리던 회원은 그런 경우 자신이 쓰는 방법을 말해주었다. "소설 작법 시간에 선생님께 배운 건데요, 문단 마지막에 쓴 단어를 그 다음 문단에서 풀어써주면 자연스럽게 되는 것 같아요. 담배라는 단어를 썼다면, 재떨이나 연기, 뭐 그런 말로 이어주는 거죠." 단순한 스킬에 불과해 보일지 모르지만, 고충을 겪고 있는 이에게는 당장 적용해보고 싶은 기술이 될 것이다. 지금 당장 직면해 있는 글쓰기 고민을 나누면, 가려운 부분을 시원하게 긁어주는 요긴한 오프라인 모임이 될 수 있다. 자신도 느꼈던 고충을 함께하는 동질감은 물론 문제해결까지 얻게 된다.

오프라인 모임, 무엇을 하면 좋을까

글쓰기 지속적 동력을 이끌어내기 위해 오프라인 모임에서 구체적인 프로그램을 정해놓으면 좋다. 모두 여덟 번인 모임의 주제를 설정하자. 요약, 필사, 리뷰 쓰기, 칼럼 단상 쓰기 등은 글쓰기 훈련으로 손색이 없다. 주관적으로 흐를 수 있는 일기 형식의 일상을 적은 글 이외에 관찰하고 생각한 내용을 되도록 객관적인 관점에서 서술하는 연습은 실력뿐 아니라 글쓰기 묘미도 안겨준다. 문제는 이런 다채로운 훈련이 마음처럼 행하기가 쉽지 않다는 점에 있다. 쓰고 싶은 글이라기보다는 '써야만 하는 글'이기 때문이다.

각 오프라인 모임별로 주제를 세우고 공부하는 시간을 갖자. 예를 들면, 서평 쓰기, 단편 영화 감상, 영화 리뷰 쓰기, 요약하기, 사진을 글로 설명하기, 필사 연습, 칼럼 읽기 등을 모임 때 집중적으로 다뤄보자. 모임 후에는 2주 동안 공부한 내용을 바탕으로 의무적으로 한 편 이상 글 쓰는 것을 규칙으로 정하면 더 효과적이다.

위에 제시한 내용 이외에 다양하게 변형, 추가해서 프로그램을 짤 수 있다. 부담되지 않는 분량의 단편영화를 본 후 오프라인 모임에서 줄거리를 요약하는 실습을 해보는 것도 좋다. 이해를 돕기 위해 먼저 간단하게 영화 감상평을 나누면 도움이 된다. 보통 텍스트의 핵심을 추려서 논리적으로 압축하는 작업을 요약이라고 한

100일 글쓰기 오프라인 모임 프로그램의 예

오프라인 모임	주제	비고
1회	자기 소개 / 규칙 정하기	결의를 다지고 100일 글쓰기 규칙을 정한다.
2회	단편영화	단편영화를 본 후 미니 토론을 한다. 영화 줄거리와 느낌을 글로 쓰는 실습을 한다.
3회	필사 + 작문	서로 준비한 문장을 필사한다.
4회	사진 글감 설명	사진을 보여주고 어떤 글을 쓰고 싶은지 발표한다.
5회	칼럼 읽기 + 요약 + 단상	칼럼을 읽고 요약한 후 느낀 점을 짧게 쓴다.
6회	영화 리뷰 쓰기	영화 감상문을 써본다.
7회	서평 쓰기	책을 읽고 서평 쓰기에 도전해본다.
8회	글쓰기 소감 100일 완주 축하	이후 글쓰기 계획에 대해 논의한다.

다. 요약을 잘하려면 우선 독해력이 있어야 한다. 그래야 논지를 정리할 수 있다. 논리적으로 줄이기 위해서는 문장 구사력 또한 요구된다. 즉 독해력, 문장 구사력, 요약 능력은 선순환을 일으킨다. 텍스트는 물론 영상에도 해당될 수 있다. 비교적 갈등 구조가 적은 단편영화는 요약하기에 꽤 적합하다.

우리가 일반적으로 말하는 요약은 다이제스트처럼 소설이나 영화 내용을 압축해서 정리한 글을 말한다. 단순히 줄거리 요약해서 벗어나 영화 전체에서 느낀 감상을 적은 글도 요약에 포함될 수 있다. 영화나 소설의 주제를 짧게 한두 문장 또는 한 문단 정도로 쓰는 것이 여기에 해당한다. 좀 더 범위를 확장해, 느낀 점을 쓰는 것도 요약의 한 형태라 볼 수 있다. 매체나 텍스트를 접하고 나름의 가치나 평가를 정리한 글이다. 서평이나 영화 리뷰 등이 대표적 예다.

요약은 논리적 글쓰기를 기르는 데 기초가 된다. 좀 더 전문적인 요약은 한권의 책으로 변신할 수도 있다. 유시민은 『유시민의 글쓰기 특강』(생각의길, 2015)에서 예전에 자신의 저서 『거꾸로 읽는 세계사』(푸른나무, 2004)가 대학 입학 후 약 10년 동안 읽은 책을 요약한 것이라고 술회하고 있다. 독서를 읽는 것에 그치지 않고 요약함으로써 정리해 새로운 관점을 기록한 것이다. 이처럼 요약

훈련은 핵심을 추출하고 공통의 특성을 키우는 데 큰 도움이 된다. 100일 글쓰기를 할 때 빈번하게 쓰게 되는 일상 기록을 넘어서는 효과를 주기에 오프라인 모임 초기에서 다루면 좋을 것이다.

필사는 문장력을 키우는 데 으뜸이다. 단순 발췌에서 벗어나 문장의 숨은 뜻, 문장 간의 연결고리, 단어 표현, 문체 등을 공부할 수 있다. 모임 전에 각자 필사 훈련으로 쓰기에 적합한 부분을 추천한 후 현장에서 직접 필사하는 시간을 가지면 좋다. 혼자서 하는 것보다 같은 공간에서 백지에 옮겨지는 사각사각 연필 소리를 함께 듣는 것은 마음을 꽤 편안하게 해준다.

사진을 발표하고 이것을 어떻게 글감으로 살릴 것인지 설명하는 것도 좋은 프로그램이 될 수 있다. 학습모임센터나 모임형 카페 공간에는 프로젝터가 설치되어 있는 곳이 많다. 준비한 사진을 스크린에 띄워놓고 왜 이것을 찍었는지, 어떤 상황에서 찍었는지, 선택한 이유는 무엇인지, 이것을 글감으로 어떤 글을 쓰고 싶은지 이야기해보자. 어느 시립도서관에서 발표한 회원의 사진이 인상적이었다. 악수하듯 꼭 잡고 있는 서로의 손이 클로즈업된 사진이었는데 회원의 아버지께서 돌아가시기 전에 병원에서 찍었다며 사부곡을 쓰고 싶다고 밝혔다.

미술관에서 그림을 찍은 어느 회원의 사진도 기억난다. 바닷가에 핀 해당화를 들고 있는 소녀와 자매가 그려져 있는 그림을 보며 그 회원은 눈물을 왈칵 흘렸다고 한다. 왜 그랬는지 곰곰이 생각해보니 어린 시절의 트라우마가 떠올랐다며 이것을 글로 담기도 했다. 사진이나 영상은 숨어 있던 감각의 층위를 의식의 수면으로 올리는 역할을 한다. 스쳐 지나가는 풍경은 물론 무언가 형언할 수 없는 느낌이 든다면 스마트폰으로 찍어보자. 왜 찍었는지 가만히 복기하는 시간을 갖는다면 훌륭한 글감이 될 수 있다.

주제를 정하고 오프라인 모임을 가진 후, 다음 만날 때까지 긴장을 놓지 않게 하려면 모임의 연결성을 확보하는 것이 중요하다. 매 모임마다 간단하게나마 과제가 있는 게 좋다.

모임 때 서평 형식의 글을 써와서 글 나눔과 피드백을 하면 좋다. 영화 리뷰나 서평처럼 최대한 객관적 글쓰기에 도움이 되는 글을 써보자. 같은 영화나 책을 보고 서로 다른 관점과 그것을 글로 푸는 다양한 방식에 깜짝 놀랄 것이다. 김애란의 단편 「칼자국」을 읽고 어떤 이는 어머니에 관해서, 다른 이는 아내에 관한 글을 써오기도 한다. 어느 남성은 작품 화자에 등장하는 "그류."라고 말하는 아버지에게 연민을 느껴 글을 썼다.

영화로도 나온 소설 『오베라는 남자』를 읽고 오베의 매력에 푹 빠진 느낌을 쓰는 사람이 있는가 하면, 오베를 열린 마음으로 공감

해준 이웃 파르베네에 관해 쓰면서 공동체의 가치를 강조하는 사람도 있다. 참가한 회원의 수만큼 가지각색의 글을 읽다 보면 글쓰기 시야가 넓어진다.

서투르거나 요지가 불명확하거나 일관성이 결여된 글일지라도 글쓴이가 어떤 지점을 표현해내고 싶었는지를 살펴보는 것은 글쓰기 훈련에서 간과해서는 안 되는 점이다. 오히려 부자연스러운 글에서 글쓴이가 쓰고 싶었던 표현이 무엇이었는지 공부할 수 있다. 건강한 피드백을 주고받으면 글쓰기 실력은 그야말로 일취월장한다.

덧붙이자면 피드백 태도는 부드러워야 한다. 일종의 합평 형식으로 진행되면 자칫하면 서로에게 상처를 줄 수 있다. 글쓰기 전문가가 아니기 때문에 부족한 점, 아쉬운 점이 보이기 마련이다. 시간을 쪼개 최선을 다해 써온 글이 지적받을 때 그 아픔은 이루 말할 수 없다. 정당하고 정확한 피드백이라 할지라도 부끄러울 뿐만 아니라 기분이 나쁠 수 있다.

무엇보다 상대를 존중하는 마음이 선행되어야 한다. 숙제를 해온 것 자체에 박수를 치며 칭찬해줘야 한다. 또, 어떤 글이든 장점이 있기 마련이다. 첫 문단이 매력적이라든지, 마무리가 임팩트가 있든지, 멋진 표현이 들어간다든지 칭찬을 염두에 두면 글이 예뻐

100일 글쓰기 오프라인 모임 과정의 예

순서	내용	비고
1	글쓰기 근황, 고민 나누기	서로 노하우를 공유하는 시간이 될 수 있다.
2	프로그램 진행	요약, 사진, 단편영화 등을 활용할 수 있다.
3	해당 책이나 영화 소감 나누기	작품의 전체적인 의견을 들을 수 있다.
4	미니 토론	토론 주제를 미리 준비해두면 좋다.
5	숙제 나눔	폭풍 칭찬과 열렬 격려가 우선이다. 힘들게 글 썼던 수고를 보상받을 수 있다. 글 써온 보람을 느낄 수 있다.
6	피드백하기	최대한 존중하는 마음으로 피드백해야 한다.
7	소감 나누기	모임 소감과 함께 앞으로의 글쓰기 다짐을 말하고 다음 계획을 논의한다.
8	오프라인 모임 종료	

보인다. 나에게는 없는 매력적인 부분을 폭풍 칭찬해주자. 설령 피드백을 주지 않더라도 격려만으로도 글은 성장한다.

글 나눔 전에 책이나 영화에서 느낀 간단한 소감과 토론을 하는 것도 좋다. 숙제로 써 온 글에 이미 감상이 담겨 있지만 먼저 전체적인 느낌을 이야기 나누면 글 이해에도 도움이 된다. 서로 토론할 주제를 미리 준비해서 의견을 나누면 미처 생각지 못한 부분을 발견하게 된다. 글쓰기가 어려운 이유는 자기만의 생각에 갇혀 있기 때문이다. 토론은 사고를 확장시켜줄 뿐만 아니라 글감을 성숙하게 해준다. 막연히 떠오르는 생각이 다른 사람의 입에서 명확히 표현되는 것을 듣는 순간 사색의 빅뱅이 이루어진다. 그때 그것을 잡아 글로 옮기면 된다. 토론의 완성은 글쓰기다. 토론이 끝날 때 자기 글의 피드백 내용을 미리 예상할 수 있게 되는 것도 생각 나눔에서 오는 효과다.

6장

100일 이후의 글쓰기

100일 이후의 선택

지금까지 100일 글쓰기 과정을 구체적으로 살펴보았다. 이제부터는 100일 글쓰기 이후를 생각해보자. 인고의 시간을 겪고 100일 고지에 서면 성취감이 상당하다. 하지만 100일을 완주한 기쁨도 잠시, 우리에겐 선택의 순간이 남아 있다. 100일을 이어서 계속 쓸 것인가, 아니면 잠시 쉴 것인가. 이 물음은 상당히 중요하다. 100일의 과정과 평가를 넘어 앞으로 글쓰기와의 관계를 어떻게 정립할 것인가를 결정하기 때문이다.

100일 이후의 글쓰기는, 100일 글쓰기를 시작한 목표와 달성 여부에 따라 달라지기도 하지만 무엇보다 100일을 대해왔던 태도에 크게 좌우된다. 여기서 말한 태도는 반드시 성실을 의미하지는 않는다. 오히려 온 힘을 다해 쏟아부은 사람은 모든 것을 소진했기에 잠시 휴식을 택하는 경우도 있고, 아쉬운 점이 많다고 느낀 사람은 심기일전해서 다시 100일에 도전하기도 한다. 중요한 것은 글쓰기를 바라보는 관점이다.

100일 완주한 사람들을 지금까지 관찰한 바로는 100일 이후의 글쓰기 지속 여부 유형을 크게 다섯 가지로 나눌 수 있다.

1. 멈춤
2. 다음을 기약
3. 휴식 후 다시 시작
4. 다음 고지를 향하여
5. 글쓰기 모임 참석

많은 사람들이 멈춤을 선택한다. 이유는 다양하다. 어떤 사람은 70일째쯤부터 찾아온 지겨움과 회의감을 100일째까지 끌고 간다. 이미 시작한 것이라 멈추지 못하고 관성처럼 어쩔 수 없이 글을 써온 예다. 마치 100일 동안 괴롭혔던 숙제를 마치고 시원섭섭한 마음으로 쿨하게 글쓰기 세계를 떠난다. 하루도 빠뜨리지 않고 썼지만 글쓰기 회의감에서 벗어나지 못한 채 100일을 맞이했다는 점에서 100일 글쓰기에 성공했다고 볼 수는 없다.

한편 그야말로 100일을 전투처럼 성실하게 보낸 사람이 멈춤을 '선언'하기도 한다. 물론 이런 경우는 흔하지는 않은데, 100일 시작할 때 공표한 출사표처럼 그야말로 만천하에 '나는 더 이상 글을 쓰지 않겠다'는 글을 올린다. 근거도 확실하다. 혹독한 글쓰기 훈련은 다시는 하지 않겠다고 한다. 하추자 씨는 40년을 살아오면서 마음에 쌓인 것들을 글로 쏟아냈다고 말한다. 글쓰기에 중독되어 남편은 물론 육아에까지 소홀하게 되었다며 여기서 멈추겠다고 선언했다. 비워내는 글쓰기 후 '채움'의 일상을 선택한 것이다. 물론 지금은 그만두어도 다시 시작할 수도 있다는 여지는 남겨뒀다. 100편의 글을 쓰면서 자아와는 물론 부모, 남편 등 주변 관계를 성찰하고 각성하는 계기가 되었다는 점에서 추자 씨의 100일 글쓰기는 성공이라고 볼 수 있다. 나와 너를 고민하고 사유하는 힘이야말로 글쓰기가 주는 큰 효과다.

글쓰기의 휴식을 선언하며 다음을 기약하는 사람들도 있다. 이 경우는 글쓰기를 대면하고 진지하게 내리는 결과일 때가 많다. 오랜만에 만난 친구에게 다음에 밥이나 함께 하자고 말하는 형식적인 치레가 아니다. 이진일 씨는 100일을 지나오며 글쓰기와 자신 사이에 놓인 높은 벽을 실감했다고 말한다. 글쓰기가 결코 만만한

게 아니라는 것을 안 것만으로도 100일의 시간은 귀중했다고 한다. 글쓰기가 단순한 로망이나 꿈으로 이루어지는 것이 아니라 치열한 자기와의 싸움을 거쳐야한다는 것을 깨달았다며 지금은 쉬어야겠다고 한다.

외형적으로는 글쓰기의 두려움을 느꼈다는 점에서 100일 글쓰기 실패라고 보는 사람도 있을 수 있지만, 나는 그렇게 보지 않는다. 몸소 습득한 글쓰기 두려움은 도전한 후 내린 판단이므로 가치가 크다. 보통, 사람들은 깜빡이는 노트북 커서를 보며 막막한 두려움을 이야기할 뿐 시작하기도 전에 그만둔다. 그림자를 보고 겁에 질려 도망간 셈이다. 하지만 진일 씨는 그림자를 뚫고 실체를 보기 위해 100일을 버텼다. 상대를 보고난 후 겸허한 결정을 내렸다는 점에서 100일은 의미가 깊다. 실제로 진일 씨는 100일 이후 모임에 꾸준히 참여하면서 함께했던 글동무들을 격려하고 있다. 언제라도 글쓰기에 다시 도전하겠다는 모색에서 아름다운 성공을 발견할 수 있지 않을까.

휴식 후 다시 시작하는 사람들도 있다. 쉬는 기간은 대개 일주일에서 한 달 또는 몇 개월까지 다양하다. 유대감이 깊은 글 친구들과 100일을 완주했을 경우, 충분한 휴식 후 다시 뭉쳐 글을 쓴다. 위에서 언급한 이진일 씨가 속한 모임은 '두 번째 100일 글쓰기' 게시판을 만들어 그야말로 1일째부터 다시 시작했다. 처음 만난 지 1년이 지난 지금은 세 번째 100일 글쓰기를 하고 있다. 100일 글쓰기의 장점을 지인들에게 나눈 후 그들을 초청해 함께 쓰기도 한다. 기존 회원에 뉴페이스가 합류하는 형식이다. 무척 바람직하면서도 실천하기 어려운 상황이기도 하다.

글쓰기는 연속성에 민감하기 때문에 '충분한' 휴식 이후에 영원한 휴지기로 들어가기 쉽다. 이 모든 것을 극복하고 다시 함께 쓸 수 있게 만드는 동력은 무엇일까? 100일 글을 쓰면서 서로에게 느낀 친밀감이 큰 역할을 한다. 매일 쓴 글을 서로 읽고 댓글을 달아주며 관심과 애정을 표현한다. 또한 그들은 오프라인 모임뿐만이 아니라 자유로운 뒤풀이를 꾸준히 가지며 글을 넘어 정을 가꿔나갔다. 함께 쓰기가 100일 글쓰기 비법임을 증명해주는 예다.

쉬지 않고 바로 다음 고지를 향해 가는 사람도 있다. 김제희 씨는 100일 글쓰기를 완주하자마자 200일 글쓰기로 돌입해 지금은 800일을 넘어 1000일을 목표로 하루하루 전진하고 있다. 제희 씨를 글쓰기로 몰아넣는 힘은 무엇일까?

'나는 왜 쓰는가' '무엇을 위해 쓰는가' '어떻게 쓸 것인가' 이 모든 질문에 대한 답을 매일 쓰면서 경험하고 있는 사람은 절대

하루도 쉬지 못한다. —100일 글쓰기 참여자 김제희

2년 여의 시간 동안 끊임없이 글과 사랑하고 사투하고 때로는 달래기도 하면서 제희 씨는 글쓰기 본령을 담은 문장을 직조해냈다. 자신이 글을 쓰지 않고는 하루를 버티기 힘든 연유를 글 쓰는 이유에서 찾고 있다는 점에서 제희 씨에게 글쓰기는 삶을 지속시키는 동력이 되었다.

마지막으로 정기적인 글쓰기 모임에 참여하는 경우다. 100일 이후 매일 글 쓰는 것에 연연하지 않고 자신에게 적합한 모임에서 지속적으로 글을 쓴다. 글쓰기 습관이 갖춰졌다면 폭과 깊이를 확장하기 위해 반드시 필요한 과정이다. 하지만 글을 쓰는 습성이 아직은 부족하다면 글쓰기 모임의 성격이나 목적에 따라 신중하게 결정하는 것이 좋다. 때로는 역효과가 일어날 수도 있다. 글쓰기 모임에 관해서는 이 장 마지막에서 좀 더 자세히 다루도록 하자.

이처럼 100일 이후의 선택지는 여러 가지다. 어떤 선택을 할 것인가는 100일 동안 부딪힌 글쓰기와 자신과의 관계에 달려 있다. 그런 점에서 100일 글쓰기 프로젝트는 글쓰기 초심자는 물론 유경험자에게도 상당히 도움을 준다. 나와 글쓰기의 경계를 가늠해보고 앞으로의 관계 정립에 실마리를 주기 때문이다.

100일 글쓰기 VS 매일 글쓰기

100일이 지난 후, 계속해서 전진할 것인지 정지할 것인지를 결정하는 문제는 앞에서 말한 것처럼 글쓰기와의 관계 정립에서 상당히 중요하다. 물론 글쓰기를 그만두는 경우는 제외하기로 하자. 쉬지 않고 써나간다면 매일 글쓰기로 나아가는 것이고, 멈춰 선다면 100일 글쓰기 과정을 수습하고 또 다른 글쓰기 훈련의 장을 모색하는 의미일 수 있다. 100일과 같은 형식으로 매일 글쓰기를 택할 것인가, 아니면 100일 글쓰기의 임무를 완수하고 다음 단계로 도약할 것인가. 어떤 선택이 보다 좋은 글쓰기 연습이 될 수 있을까? 우선 100일 글쓰기와 매일 글쓰기의 차이점을 살펴본다면 결정하는 데 도움이 될 듯하다.

100일 글쓰기가 글쓰기 습관을 키우는 기초 훈련이라면 매일 글쓰기는 어렵게 쟁취한 습관을 이어나가는 본격 훈련이다. 습관을 갖춘다는 면에서 둘은 얼핏 비슷하게 보인다. 하지만 둘 사이에 차이점은 분명 존재한다. 100일 글쓰기는 '100일'이라는 목표가 있는 반면 매일 글쓰기는 그것을 상정하지 않는다. 500일, 1000일은 보이지 않는 산 정상 기슭에 위치한 산장 정도의 의미를 지닐 뿐이다. 정해진 날짜가 있는 글쓰기는, 마감과의 타협은 인정하지 않지만 글의 수준과 완결성에 대해선 슬쩍 뒷문을 열어두기도 한다. 이것은 비겁한 게 아니라 애초 설정한 습관 키우기라는 목적을 이루기 위한 고육지책이다. 글쓰기를 처음 시작하는 사람이 마감과 글의 수준 모두를 쟁취하기는 힘들다.

그러나 매일 글쓰기는 마감은 물론 만족 면에서도 자신에게 엄격할 필요가 있다. 이것을 간과한다면 매일 글쓰기의 취지가 가뭇없이 사라진다. 매일 글쓰기는 단순히 습관 들이기에 머무르지 않는다. 좀 더 향상된, 내가 원하는, 치밀한 글을 쓰기 위한 행동이다. 물론 여기에는 고려해야 할 여러 요소들이 존재한다.

글쓰기에 편안해지고자 하는 애초의 목적을 달성했다면, 매일 글쓰기는 100일 글쓰기와는 차별화가 되어야 한다. 즉 100일 글쓰기 과정에서 부족했던 점을 채워나가는 방향으로 나아가야 한다. 단순 관성이나 막연하게 느끼는 긍정 효과로 매일 쓰는 것이 아니라 100일을 분석한 후 어떤 점을 개선시켜나갈 것인지를 치밀하게 숙고해야 한다. 요일별 글쓰기 계획이 지켜지지 않았다면 200일 글쓰기에서는 이것을 도전해보고, 초고를 가까스로 썼다면 이번에는 퇴고를 꾸준히 해야 한다. 날짜의 진전만큼 내용면에서도 한 단계 업그레이드될 때 매일 글쓰기의 진정한 의미가 있을 것이다.

김제희 씨는 매일 글쓰기를 선택한 경우다. 100일에서 멈추지 않고 과감하게 전진했다. 문제는 함께 쓰던 대다수의 동료들이 그만두었다는 데 있었다. 100일을 향해 가던 분위기와는 다르게 고독을 심하게 느꼈다. 100일 글쓰기의 여러 모임을 살펴보니 제희 씨와 같은 상황에 처한 사람들이 많았다. 어차피 글쓰기는 혼자 하는 작업이니 그런 것이 큰 장애물이 될 수 있겠냐고 생각할 수도 있지만 함께 쓰는 힘을 경험한 이라면 충분히 공감되는 내용이다. 그녀는 기발한 상상으로 고독에 지쳐 글을 포기하고 싶은 유혹을 극복하고 대안을 마련했다. 그동안의 100일 글쓰기 완주자들을 규합하면 어떨까를 생각한 것이다.

숭례문학당 온라인 100일 글쓰기에서 완주한 사람, 도서관 100일 글쓰기에서 묵묵히 쓰는 사람, 한겨레교육문화센터 100일 글쓰기를 마친 사람들을 한자리에 소집했다. '1000일을 향해'라는 모토로 통합 100일 글쓰기 카페를 만들자 수십 명의 100일 글쓰기 완주자들이 모여들었다. 이심전심이었을까? 잠시 쉬고 있던 사람, 다시 시작할 계기를 찾지 못한 사람, 어렵게 홀로 쓰던 사람들이 찾은 것이다. 제희 씨는 그들과 함께 글을 쓰고 있고, 지금 1000일 고지를 향해 나가고 있다. 물론 카페가 개설된 지 1년이 넘은 지금은 초반의 기세만큼 그렇게 활발하지는 않다. 무엇이든 시작할 때 생겨나는 역동성이 약간 시든 영향을 받은 점도 있겠지만 매일 글쓰기의 성격이 더 크게 작용한 듯싶다. 아까 언급한 것처럼 매일 글쓰기는 엄격해야 하고, 그만큼 그것을 버텨내는 사람은 극소수다.

여기에서 원하지 않는 딜레마가 생긴다. 매끈하게 퇴고한 글만이 매일 글쓰기의 자격을 갖춘다는 말인가. 이런 엄격한 태도는 오히려 글쓰기에 대한 부담감만 줄 수 있다. 우리가 글을 쓴 계기는 즐거움을 느끼기 위해서다. 어수선한 생각에 단어의 옷을 입혔을 때 느꼈던 환희야말로 글을 쓰는 이유일 수도 있다. 글쓰기 전문가가 되려는 것도 아닌데 굳이 구도자마냥 뼈를 깎는 고통을 감내하는 훈련을 해야 할 필요는 없다. 더군다나 생업에서의 스트레스나 수고를 생각한다면 글쓰기에서는 위안과 쾌감을 느껴야 하지 않을까? 이런 면에서 100일 이후의 선택은 아까 말한 것처럼 글쓰기와의 관계 정립과 밀접하게 연결되어 있다. 글쓰기의 고통을 감내할 것인가, 글쓰기의 유희를 즐길 것인가를 선택하는 문제다.

글쓰기 스터디 모임을 만들자

100일 글쓰기를 진행해오면서 글쓰기로 삶에 활력을 찾은 사람, 진로를 탐색하게 된 사람, 좀 더 전문 분야 글쓰기로 확장해간 사람, 회사나 사업에 글쓰기를 적용시킨 사람들을 보아왔다. 100일 글쓰기가 단지 글쓰기 습관을 키우는데 그치지 않고 삶과 연계해 만족과 행복을 주는 디딤돌이 되는 모습을 보면 즐겁기도 하고, 다행스럽기도 하다. 100일이라는 기간은 짧은 시기일수도 있지만 인생의 귀중한 시간이기에 더욱 그러하다.

많은 사람들이 100일 완료 이후 글쓰기를 멈춘다. 100일 이후 쉼 없이 계속해서 쓰는 사람들은 드물었다. 어느 정도의 휴식 후 다시 시작하는 이들도 꽤 있다. 또 내가 알지 못하는 어느 곳에서

한 땀 한 땀 글을 쓰고 있을 수도 있다. 하지만 100일 동안 그토록 열렬히 쓴 사람들이 100일 이후 글쓰기 장에서 증발해버리는 상황을 어떻게 바라보아야 할까?

잠깐 쉬고 싶다, 100일 동안 너무 달려왔다, 이렇게 어려울 줄 몰랐다, 글쓰기의 로망이 깨졌다, 현실을 직시했다, 만만한 게 아니라는 걸 알았다 등등의 자기 고백을 하는 경우가 종종 있었다. 충분히 공감되는 얘기다. 어릴 적 품었던 글쓰기는 실체를 알 수 없는 동경일지 모른다. 특히 초등학생 때 받은 독후감 상, 중학생 때 백일장에 나가 상장을 거머쥔 경험이 있는 사람들은 글쓰기에 막연한 바람을 가지고 있다. 사회에 나와 나를 돌아보게 되는 성찰을 하거나 보고서 등 나를 표현할 환경을 극복하기 위해 저 기억 속에 잠겨 있던 글쓰기의 환상을 슬며시 꺼낸다. 심호흡을 하고 용기를 내어 마침내 글쓰기에 도전한다. 그리고 글쓰기에 환희를 맛보거나 환멸을 느낀다.

중요한 것은 환희나 환멸 이후에 대응하는 방식이다. 나처럼 함께 공부하는 공간(숭례문학당)이 있는 사람들은 지지부진하든 일취월장하든 어찌 되었건 글쓰기를 이어간다. 하지만 이런 글쓰기와 관련된 단체나 모임에 발을 들여놓지 못한 사람이나 글쓰기와는 한참 거리가 먼 분야에서 근무하는 이들은 '다시 시작'하기가 매우 어렵다. 환희는 또 다른 동경을 만들어내 안심시키고, 환멸은 '이 산이 아닌가봐'라며 이들을 또 다른 곳으로 유랑하게 한다. 둘 다 글쓰기를 멈추게 된다.

100일 이후 매일 쓰기는 힘들고, 그것은 자연스러운 일이다. 그렇다면 100일 고지에 선 사람들이 가벼운 마음으로 즐겁게 글쓰기를 이어나갈 수 있는 방법은 없을까?

글쓰기 스터디 모임을 만들어보자. 새로운 글쓰기 강좌나 글쓰기 연관 프로그램에 참여하는 것도 좋지만 100일 동안 함께한 글친구들이 있다면 지속적인 모임을 만들어 글쓰기 의욕을 이어나가는 것이 꽤 효과적이다. 글쓰기 스터디 모임은 100일 중에 경험하는 오프라인 모임과는 목적이나 성격 면에서 조금 다르다. 오프라인 모임이 사전에 준비한 뚜렷한 프로그램을 바탕으로 피드백까지 이루어지는 반면, 스터디 모임은 글 한편을 써서 참석하는 것이 주목적이다.

어렵게 쓴 글이니만큼 피드백보다는 글을 써온 자체에 초점을 맞춰 칭찬하고 격려해주는 것이 좋다. 물론, 이전부터 해온 오프라인 모임의 분위기가 자연스럽게 연결된다면 굳이 시스템을 바꿀 필요는 없다. 하지만 100일이 지나면 참여도나 긴장감 등 여러 면에서 그전과는 사뭇 다른 공기가 느껴질 것이다. 오히려 분위기를 쇄신하여 좀 더 가볍게 기획하는 것이 좋다. 모임 횟수도 오프라인 모임과는 다르게 한 달에 한 번 정도가 적당하다. 완주가 아니라 지속성에 방점을 찍는다면 상황에 맞는 스터디 모임을 만들 수 있을 것이다.

100일 글쓰기 곰사람 프로젝트

2017년 6월 15일 1판 1쇄 인쇄
2017년 6월 26일 1판 1쇄 발행

지은이 최진우
펴낸이 한기호
편 집 오효영, 유태선
펴낸곳 북바이북
출판등록 2009년 5월 12일 제313-2009-100호
주소 121-839 서울시 마포구 서교동 484-1 삼성빌딩 A동 2층
전화 02-336-5675 팩스 02-337-5347
이메일 kpm@kpm21.co.kr
홈페이지 www.kpm21.co.kr

ISBN 979-11-85400-65-5 03800

북바이북은 한국출판마케팅연구소의 임프린트입니다.
책값은 뒤표지에 있습니다.